T0015525

Autobiografía de Irene

Autobiografía de Irene

Silvina Ocampo

Edición al cuidado de
Ernesto Montequin

Lumen

narrativa

Papel certificado por el Forest Stewardship Council®

Primera edición: octubre de 2023

Printed in Spain – Impreso en España

ISBN: 978-84-264-2628-4
Depósito legal: B-13.755-2023

Impreso en Unigraf, Móstoles (Madrid)

H 4 2 6 2 8 4

Índice

Epitafio romano 9
La red 17
El impostor 27
Fragmentos del Libro Invisible 97
Autobiografía de Irene 109

Apéndice

El impostor [Argumento cinematográfico] 131
Final para un film que nunca se filmó 147

Nota al texto 151

Epitafio romano

Oscuros cipreses, un puente de madera al pie del monte Aventino, el cielo más azul sobre las aguas del Tíber, desconocidas casas plebeyas (sin la redención de los patios), organizaban, perfeccionaban, el atormentado secreto de un caballero romano.

Sé que amaba, como Virgilio, los perfumes del laurel y del mirto; llevaba dos ramitas que su mujer le prendía por las mañanas sobre el pecho. Frecuentemente, en las discusiones políticas, en el Foro, se le veía arrancar hojitas de esas ramas y llevárselas a la boca; al sentir ese gusto, que, según él, le recordaba la infancia, adquiría la indulgencia necesaria para soportar la falta de lógica de sus adversarios. Del mismo modo, al cruzar por lugares insalubres, cerca de los pantanos con moscas y olor a huevo podrido en las afueras de la ciudad, respiraba el perfume de esas hojas.

Ninguna precisión, ningún busto de mármol me guían para describir ese rostro joven y resuelto, embellecido por el mentón y los labios. Prohibida la tristeza por las cejas rectas, sus ojos eran bruscamente severos. La simetría, la pureza de las facciones, la mirada atormentada y sin melancolía pocas veces lograron ennoblecer tanto un rostro.

«Puedo atormentarme, pero sin tristeza. La tristeza pertenece al tedio que sienten los débiles o los niños», solía decir a sus amigos. «La vida nos encierra continuamente en invisibles prisiones, de las cuales sólo nuestra inteligencia o nuestro espíritu creador pueden liberarnos. En alguna prisión de mi vida he creído ser feliz; en otras he creído ser desdichado; en otras, humillado. La vida, como el amor, como el poema, se corrige fácilmente y es buena para los estudiosos.» Con frecuencia citaba a Plauto: «Para ignorar el amor, para tenerlo apartado, para abstenerse de él, todos los procedimientos son buenos. Amor, nunca seas mi amigo. Sin embargo, hay desdichados a quienes maltratas y que son tus víctimas. Pero yo he decidido consagrarme a la virtud». Con una sonrisa escéptica asistía a las fiestas religiosas; todos los años veía a los fieles arrojar sobre las aguas del Tíber (para aplacarlas) treinta maniquíes vestidos. Protestaba: «Para aplacar la violencia de las aguas ¿no sería más eficaz y económico arrojar treinta mujeres verdaderas?».

En algún momento de su vida las cuestiones políticas, las ocupaciones sociales, los sueños deleitables, los esplendores de la naturaleza o del arte y hasta los versos más inspirados, llevaban su pensamiento a un determinado lugar, cuyo paisaje le sugería infiernos de voluptuosidad: en esas penumbras ardientes, anónimas, estaba su mujer... Vanamente era devota de Venus Verticordia, y en vano amaba el recuerdo de la casta Sulpicia.

Flavia y su insistente perfil, su cabellera con ocho trenzas, entrelazadas con ocho cintas, su vestido ondulante del color de la miel o de las uvas violetas ¿se prostituía? ¿Qué falso candor ofrecía a otros hombres? ¿Qué inventadas confidencias entregaban sus labios? En sus temores, Claudio Emilio parecía el protector de sus rivales. Más de una vez, paseando con amigos, creyó verla salir de casas desconocidas, cerca del puente Sublicio, el rostro oculto en un manto amarillo o rosado, de un fulgor análogo al del poniente. Al ser interrogada, ella, sin ruborizarse, le había respondido: «¡Oh, Claudio Emilio! Tus amigos plagian tus versos, pero yo los reconozco. Dime, ¿te agradaría que los confundiera?

Porque soy hermosa, y también para que las ames, mis amigas plagian mis túnicas, el color de mi cabello, tan difícil de lograr, las ocho trenzas de mi peinado. ¿No trataron de imitar el color de mis ojos con ungüentos? Para recibir tus besos ¿no perdió casi la vista Cornelia con aquella pomada azul que nunca llegó a ser del color de mis ojos? Durante tres meses, para lograr el brillo alarmante de mi cabellera, ¿no quedaron calvas las sienes de Helena? ¿Adela no murió de fiebre, con esa flor que daba a sus labios el color de mis labios? (Para recibir, después de todo, un solo beso, el de la muerte, y la atención de mis lágrimas obligatorias.) Reconoces sobre mi pecho, desde lejos, la rosa artificial y la rosa verdadera; sin equivocarte puedes distinguir el buen poema del malo, ¡pero puedes confundirme en pleno día con mis amigas!». Para conmoverlo aún más, agregaba: «¡No sabes lo triste que es estar triste!». El silencio de un rostro amado es elocuente cuando quiere ser más hermético; los párpados sobre los ojos de Claudio Emilio indicaban grados de ternura, indicaban a veces a una mujer lo que debía decir: «Cambiaré de amigas», decía Flavia trenzándose el cabello con lentitud nocturna. «Serán más serias, más idénticas a mí, pero nunca lograré que no te amen.»

¿En dónde encontraba Flavia amigas tan parecidas? La misma estatura, el mismo talle, los mismos senos. ¿Les elegía las túnicas? Para amarlas o desecharlas ¿se medía con ellas?

Como los senderos de un jardín que se alejan o se acercan arbitrariamente, formando modestos laberintos, muchas escenas, muchos diálogos, se repetían entre Claudio Emilio y Flavia:

—La vida parece hecha por personas distraídas —decía Claudio Emilio—. Las cosas se repiten, y vuelvo siempre a la dulzura de tus brazos.

—Es cierto —decía Flavia aspirando una flor—; se repiten las cosas, pero nunca son iguales y nunca se repiten bastante. Este atardecer no se repetirá, ni esta flor que me da su perfume, ni este momento de tus ojos del cual no me cansaría nunca.

—Las cosas se repiten demasiado: un solo día es igual al resto de la existencia. Una sola amiga es igual a todas tus amigas. El vuelo de aquel pájaro, que incesantemente se acerca al cielo de los árboles, lo volveré a ver en este mismo jardín que honra a Diana. Estas palabras que estamos diciendo ¿no las dijimos ya otro día?

—Para un enamorado, el encuentro y la separación transforman los minutos, las imágenes, las palabras. No podemos conservar intacto ni el recuerdo de un momento porque el recuerdo va siendo recuerdo del recuerdo: de un recuerdo apasionado o indiferente que siempre es inexacto.

—Se repiten los hechos con extraña insistencia. Con temor de perderse, las formas se repiten en ellas mismas: en la hoja del árbol está dibujada la forma de un árbol en miniatura; en el caracol, la terminación del mar con sus ondas sobre la playa; en una sola ala, imperceptibles alas infinitas; en el interior de la flor, diminutas flores perfectas. En las caras se reflejan las caras más contempladas.

—Esa figura que prefirieron nuestras pupilas, ¿puede, entonces, quedar para siempre en nosotros como un brillante retrato en colores?

—Puede quedar como quedan en las manos las formas y el perfume de otras manos. Se repiten las cosas, pero un día se saben, un día se transforman, un día se expían.

—Un día también se pierden: es claro que un día llegará la muerte.

—En el argumento de una vida hay casi siempre una parte indigna que los hombres o los dioses descuidaron: la muerte a veces sería oportuna; a veces convendría anticiparla.

Flavia, probablemente dócil a su destino, cambió de amigas hasta llegar a la que tendría que delatarla. Pero ¿cuál fue la verdad?

¿En qué forma se descubrió? ¿Cómo palideció Claudio Emilio, cómo latió su corazón al ver a Flavia en otros brazos? ¿Cómo eran el aposento (o el jardín), la hora, el perfume de alguna flor perturbadora, inolvidable, el color delictuoso de una nube, la estación, el silencio? ¿Mandó matar Claudio Emilio al amante, lo mató con sus propias manos, o bien desdeñó ambos procedimientos? ¿Una muerte no bastaba? Nadie logró saberlo; pero tal vez sólo importa (y sólo es distinto de lo que ocurre siempre) lo que ocurrió después. Cortésmente, sin explicaciones, sobornando a tres o cuatro personas, Claudio Emilio hizo encerrar a Flavia en su granja del Tíber. Dio órdenes explícitas: había que alimentarla bien, darle ropa de las más finas telas, buenos vinos, dulces, instrumentos de música y libros; pero no le sería permitido ver el sol, ni pasear por el campo, debajo de los árboles que tanto amaba. Incendió su casa de Roma; para que se propagase más pronto el fuego, eligió un día de tormenta. Salvó a sus hijos y retiró algunos objetos de valor, algunos retratos. Anunció la muerte de Flavia. Se recogieron en una urna las pretendidas cenizas, y los retazos de una de sus túnicas (Claudio Emilio los había colocado cuidadosamente entre los escombros) fueron enterrados con pompa.

Por primera vez Claudio Emilio pareció triste. Sobre la tumba grabó personalmente un largo epitafio. Hizo figurar a los más cercanos parientes de la muerta como autores de algunos versos que él mismo compuso: esta acción fue agradecida por sus padres, pero severamente reprobada por sus amigos, que juzgaron el epitafio absurdamente extenso y plebeyo.

Dos años después, cuando el recuerdo de Flavia parecía casi olvidado, Claudio Emilio la sacó de su prisión. Le costó reconocerla: la falta de sol y de tinturas había oscurecido su pelo, estaba pálida y sus ojos claros parecían negros, estaba menos delgada (y aún más hermosa, pensó Claudio Emilio). La vistió con la misma túnica rota que había utilizado como prueba de su muerte y, secretamente, la llevó en una noche de luna hasta su tumba. Sin apartar de ella los ojos, aguardó a que leyera el epitafio: sobre una lápida decorada con instrumentos musicales, figuras de adolescentes y guirnaldas, estaban grabados estos versos:*

TUS PADRES:
Qué racimos azules, cuántas flores
y dulces venerando tus favores,
te regalan tus hijos. Atesoran
complicadas ofrendas y no lloran.

TU HERMANA MENOR:
¡En qué admirado incendio fuiste de oro
la claridad de arrepentidas llamas!

TU HERMANA MAYOR:
Tus labios tendrán sed como las ramas
que han devorado el sol: por eso lloro,
por eso el ánfora con agua helada
traigo con una estrella reflejada.

TUS HIJOS:
Oh madre, eternamente la paloma
cantará entre los árboles de Roma;
se extinguirá tu cuerpo mientras dura
del verano la sombra, la dulzura...

* He puesto rimas a la traducción de los versos latinos.

TU PRIMA:
Y seguirán cayendo del invierno
las nieves de otros tiempos, sin gobierno.

TU HERMANO:
¡Oh, Flavia, la distancia de la muerte
oculta los misterios de tu suerte!

TU ESPOSO:
Traerán las estaciones, en los brazos,
para ti en vano, frutas, dulces lazos:
como la tierra en sombra augustamente
te alejará tu sueño eternamente.

La antigüedad nos propone tres finales para esta historia:

En el primero, el más previsible, Flavia agradece a Claudio Emilio la salvación del honor de sus hijos y de su familia por haberla ennoblecido prematuramente con los privilegios que sólo puede otorgar la muerte. «Muchas personas vivientes me envidiarán», suspira Flavia con dulzura. «Y también muchos muertos», le dice Claudio Emilio. «Te has convertido ya en una venerable aparición. Tu vida transcurrirá pacíficamente, pues no te faltarán alimento, ni techo, ni reverencias.»

En el segundo, Flavia, después de leer su epitafio y de alabar algunos versos, de censurar otros, exclama: «¡Esto se parece mucho a un sueño! Tendré que estar atenta y recordarlo para contártelo mañana». «No te preocupes, Flavia. Es un sueño sin despertar y no se lo contarás a nadie. Tus hijos, tus padres, tus hermanos, tus amigas, el mundo entero cree que has muerto. Si te acercas a ellos, si les hablas, creerán que eres una aparición, tendrán miedo de ti y te darán alimentos; pero no lograrás reincorporarte a la vida. El día en que mueras realmente, nadie asistirá a tu muerte, nadie te enterrará.» Flavia, con una voz casi inaudible, responde: «Es cierto, todos creen que he muerto, salvo tú: tú eres el único equivocado».

En el tercero, después de leer el epitafio, Flavia, con renovado esplendor, le dice: «¡No soy bastante seria! ¡No merezco estar muerta!». El fulgor de su cabellera suelta ilumina la noche y Claudio Emilio pide clemencia a los dioses y amor a Flavia. La lleva a su casa. Nadie la reconoce y ella asegura ser una mendiga que un demente ha violado, después de vestirla con las túnicas que robó de una urna sagrada. La locura de Claudio Emilio es tal vez inevitable; nadie entiende sus explicaciones claras e ingeniosas; en vano probará las hojas del mirto y del laurel. A orillas del Tíber, entre los cantos del Fragmen Arboris,* se le oye durante tres noches gritar su indignación en versos que la posteridad ha perdido.

* Especie de ruiseñor.

La red

Mi amiga Kêng-Su me decía:

—En la ventana del hotel brillaba esa luz diáfana que a veces y de un modo fugaz anticipa, en diciembre, el mes de marzo. Sientes como yo la presencia del mar: se extiende, penetra en todos los objetos, en los follajes, en los troncos de los árboles de todos los jardines, en nuestros rostros y en nuestras cabelleras. Esta sonoridad, esta frescura que sólo hay en las grutas, hace dos meses entró en mi luminosa habitación, trayendo en sus pliegues azules y verdes algo más que el aire y que el espectáculo diario de las plantas y del firmamento. Trajo una mariposa amarilla con nervaduras anaranjadas y negras. La mariposa se posó en la flor de un vaso: reflejada en el espejo agregaba pétalos a la flor sobre la cual abría y cerraba las alas. Me acerqué tratando de no proyectar una sombra sobre ella: los lepidópteros temen las sombras. Huyó de la sombra de mi mano para posarse en el marco del espejo. Me acerqué de nuevo y pude apresar sus alas entre mis dedos delicados. Pensé: «Tendría que soltarla. No es una flor, no puedo colocarla en un florero, no puedo darle agua, no puedo conservarla entre las hojas de un libro, como un pensamiento». Pensé: «No es un pájaro, no puedo encerrarla en una jaula de mimbre con una pequeña bañera y un tarrito enlozado, con alpiste».

—Sobre la mesa —prosiguió—, entre mis peinetas y mis horquillas, había un alfiler de oro con una turquesa. Lo tomé y atravesé con dificultad el cuerpo resistente de la mariposa —ahora cuando recuerdo aquel momento me estremezco como si hubiera oído una pequeña voz quejándose en el cuerpo oscuro del insecto. Luego clavé el alfiler con su presa en la tapa de una caja de jabones donde guardo la lima, la tijera y el barniz con que pinto mis uñas. La mariposa abría y cerraba las alas como siguiendo el ritmo de mi respiración. En mis dedos quedó un polvillo irisado y suave. La dejé en mi habitación ensayando su inmóvil vuelo de agonía.

A la noche, cuando volví, la mariposa había volado llevándose el alfiler. La busqué en el jardín de la plaza, situada frente al hotel, sobre las favoritas y las retamas, sobre las flores de los tilos, sobre el césped, sobre un montón de hojas caídas. La busqué vanamente.

En mis sueños sentí remordimientos. Me decía: «¿Por qué no la encerré adentro de una caja? ¿Por qué no la cubrí con un vaso de vidrio? ¿Por qué no la perforé con un alfiler más grueso y pesado?».

Kêng-Su permaneció un instante silenciosa. Estábamos sentadas sobre la arena, debajo de la carpa. Escuchábamos el rumor de las olas tranquilas. Eran las siete de la tarde y hacía un inusitado calor.

—Durante muchos días no vine a la playa —continuó Kêng-Su anudando su cabellera negra—, tenía que terminar de bordar una tapicería para Miss Eldington, la dueña del hotel. Sabes cómo es de exigente. Además yo necesitaba dinero para pagar los gastos.

Durante muchos días sucedieron cosas insólitas en mi habitación. Tal vez las he soñado.

Mi biblioteca se compone de cuatro o cinco libros que siempre llevo a veranear conmigo. La lectura no es uno de mis entretenimientos favoritos, pero siempre mi madre me aconsejaba, para que mis sueños fueran agradables, la lectura de estos libros: *El Libro de Mencius*, *La Fiesta de las Linternas*, *Hoeï-Lan-Ki* (Historia del círculo de tiza) y *El Libro de las Recompensas y de las Penas*.

Varias veces encontré el último de estos libros abierto sobre mi mesa, con algunos párrafos marcados con pequeños puntitos que parecían hechos con un alfiler. Después yo repetía, involuntariamente, de memoria estos párrafos. No puedo olvidarlos.

—Kêng-Su, repítelos, por favor. No conozco esos libros y me gustaría oír esas palabras de tus labios.

Kêng-Su palideció levemente y jugando con la arena me dijo:

—No tengo inconveniente. A cada día correspondía un párrafo. Bastaba que saliera un momento de mi habitación para que me esperara el libro abierto y la frase marcada con los inexplicables puntitos. La primera frase que leí fue la siguiente:

«Si deseamos sinceramente acumular virtudes y atesorar méritos tenemos que amar no sólo a los hombres, sino a los animales, pájaros, peces, insectos, y en general a todos los seres diferentes de los hombres, que vuelan, corren y se mueven».

Al otro día leí:

«Por pequeños que seamos, nos anima el mismo principio de vida: todos estamos arraigados en la existencia y del mismo modo tememos la muerte».

Guardé el libro dentro del armario, pero al otro día lo encontré sobre mi cama, con este párrafo marcado:

«Caminando, de pie, sentada o acostada, si ves un insecto pereciendo trata de liberarlo y de conservarle la vida. ¡Si lo matas, con tus propias manos, qué destino te esperará!...».

Escondí el libro en el cajón de la cómoda, que cerré con llave; al otro día estaba sobre la cómoda, con la siguiente leyenda subrayada:

«Song-Kiao, que vivió bajo la dinastía de los Song, un día construyó un puente con pequeñas cañas para que unas hormigas cruzaran un arroyo, y obtuvo el primer grado de Tchoang-Youen (primer doctor entre los doctores). Kêng-Su, ¿qué obtendrás por tu oscuro crimen?...».

A las dos de la mañana, el día de mi cumpleaños, creí volverme loca al leer:

«Aquel que recibe un castigo injusto conserva un resentimiento en su alma».

Busqué en la enciclopedia de una librería (conozco al dueño, un hombre bondadoso, y me permitió consultar varios libros) el tiempo que viven los insectos lepidópteros después de la última metamorfosis; pero como existen cien mil especies diferentes es difícil conocer la duración de la vida de los individuos de cada especie; algunos, en estado de imago, viven dos o tres días; pero ¿pertenecía mi mariposa a esta especie tan efímera?

Los párrafos seguían apareciendo en el libro, misteriosamente subrayados con puntitos:

«Algunos hombres caen en la desdicha; otros obtienen la dicha. No existe un camino determinado que los conduzca a una u otra parte. Depende todo del hombre, que tiene el poder de atraer el bien o el mal, con su conducta. Si el hombre obra rectamente obtiene la felicidad; si obra perversamente recibe la desdicha. Son rigurosas las medidas de la dicha y de la aflicción, y proporcionadas a las virtudes y a la gravedad de los crímenes».

Cuando mis manos bordaban, mis pensamientos urdían las tramas horribles de un mundo de mariposas.

Tan obcecada estaba, que estas marcas de mis labores, que llevo en las yemas de los dedos, me parecían pinchazos de la mariposa.

Durante las comidas intentaba conversaciones sobre insectos, con los compañeros de mesa. Nadie se interesaba en estas cuestiones, salvo una señora que me dijo: «A veces me pregunto cuánto vivirán las mariposas. ¡Parecen tan frágiles! Y he oído decir que cruzan (en grandes bandadas) el océano, atravesando distancias prodigiosas. El año pasado había una verdadera plaga en estas playas».

A veces tenía que deshacer una rama entera de mi labor: insensiblemente había bordado con lanas amarillas, en lugar de hojas o de pequeños dragones, formas de alas.

En la parte superior de la tapicería tuve que bordar tres mariposas. ¿Por qué hacerlas me repugnaba tanto, ya que involuntariamente, a cada instante, bordaba sus alas?

En esos días, como sentía cansada la vista, consulté a un médico. En la sala de espera me entretuve con esas revistas viejas que hay en todos los consultorios. En una de ellas vi una lámina cubierta de mariposas. Sobre la imagen de una mariposa me pareció descubrir los puntitos del alfiler; no podría asegurar que esto fuera justificado, pues el papel tenía manchas y no tuve tiempo de examinarlo con atención.

A las once de la noche caminé hasta el espigón, proyectando un viaje a las montañas. Hacía frío y el agua me contemplaba con crueldad.

Antes de regresar al hotel me detuve debajo de los árboles de la plaza, para respirar el olor de las flores. Buscando siempre la mariposa, arranqué una hoja y vi en la verde superficie una serie de agujeritos; mirando el suelo vi en la tierra otra serie de agujeritos: pertenecían, sin duda, a un hormiguero. Pero en aquel momento pensé que mi visión del mundo se estaba transformando y que muy pronto mi piel, el agua, el aire, la tierra y hasta el cielo se cubrirían de esos mismos puntitos, y entonces —fue como el relámpago de una esperanza— pensé que no tendría motivos de inquietud ya que una sola mariposa, con un alfiler, a menos de ser inmortal, no sería capaz de tanta actividad.

Mi tapicería estaba casi concluida y las personas que la vieron me felicitaron.

Hice nuevas incursiones en el jardín de la plaza, hasta que descubrí, entre un montón de hojas, la mariposa. Era la misma, sin duda. Parecía una flor mustia. Envejecidas las alas, no brillaban. Ese cuerpo, horadado, torcido, había sufrido. La miré sin compasión. Hay en el mundo tantas mariposas muertas. Me sentí aliviada. Busqué en vano el alfiler de oro con la turquesa. Mi padre me lo había regalado. En el mundo no hallaría otro alfiler como ése. Tenía el prestigio que sólo tienen los recuerdos de familia.

Pero una vez más en el libro tuve que ver un párrafo marcado:

«Hay personas que inmediatamente son castigadas o recompensadas; hay otras cuyas recompensas y castigos tardan tanto en llegar que no las alcanzan sino en los hijos o en los nietos. Por eso hemos visto morir a jóvenes cuyas culpas no parecían merecer un castigo tan severo, pero esas culpas se agravaban con los crímenes que habían cometido sus antepasados».

Luego leí una frase interrumpida:

«Como la sombra sigue los cuerpos...».

Con qué impaciencia había esperado esa mañana, y qué indiferente resultó después de tantos días de sufrimiento: pasé la aguja con la última lana por la tapicería (esa lana era del color oscuro que daña mi vista). Me saqué los anteojos y salí del trabajo como de un túnel. La alegría de terminar un bordado se parece a la inocencia. Logré olvidarme de la mariposa —continuó Kêng-Su ajustando en sus cabellos una tira de papel amarillo—. El mar, como un espejo, con sus volados blancos de espuma me besaba los pies. Yo he nacido en América y me gustan los mares. Al penetrar en las ondas vi algunas mariposas muertas que ensuciaban la orilla. Salté para no tocarlas con mis pies desnudos.

Soy buena nadadora. Me has visto nadar algunas veces, pero las olas entorpecían mis movimientos. Soy nadadora de agua dulce y no me gusta nadar con la cabeza dentro del agua. Tengo siempre la tentación de alejarme de la costa, de perderme debajo del cóncavo cielo.

—¿No tienes miedo? A doscientos metros de la costa ya me asusta la idea de encontrar delfines que podrían escoltarme hasta la muerte —le dije.

Kêng-Su desaprobó mis temores. Sus oblicuos ojos brillaban.

—Me deslicé perezosamente —continuó—. Creo que sonreí al ver el cielo tan profundo y al sentir mi cuerpo transparente e impersonal como el agua. Me parecía que me despojaba de los días pasados como de una larga pesadilla, como de una vestidura sucia, como de una enfermedad horrible de la piel. Suavemente recobraba la salud. La felicidad me penetraba, me anonadaba. Pero un momento después una sombra diminuta sobre el mar me perturbó: era como la sombra de un pétalo o de una hoja doble; no era la sombra de un pez. Alcé los ojos. Vi la mariposa: las llamas de sus alas luminosas oscurecían el color del cielo. Con el alfiler fijo en el cuerpo —como un órgano artificial pero definitivamente adherido— me seguía. Se elevaba y bajaba, rozaba apenas el agua delante de mí, como buscando un apoyo en flores invisibles. Traté de capturarla. Su velocidad vertiginosa y el sol me deslumbraban. Me seguía, vacilante y rápida; al principio parecía que la brisa la llevaba sin su consentimiento; luego creí ver en ella más resolución y más seguridad. ¿Qué buscaba? Algo que no era el agua, algo que no era el aire, algo que no era una sombra (me dirás que esto es una locura; a veces he desechado la idea que ahora te confieso): buscaba mis ojos, el centro de mis ojos, para clavar en ellos su alfiler. El terror se apoderó de mis ojos indefensos como si no me pertenecieran, como si ya no pudiera defenderlos de ese ataque omnipotente. Trataba de hundir la cara en el agua. Apenas podía respirar. El insecto me asediaba por todos lados. Sentía que ese alfiler, ese recuerdo de familia que se había transformado en el arma adversa, horrible, me pinchaba la cabeza. Afortunadamente yo estaba cerca de la orilla. Cubrí mis ojos con una mano y nadé durante cinco minutos que me parecieron cinco años, hasta llegar a la costa. El bullicio de los bañistas seguramente ahuyentó la mariposa. Cuando abrí los ojos había desaparecido. Casi me desmayé en la arena. Este papel, donde pinté yo misma un dios con tinta colorada, me preserva ahora de todo mal.

Kêng-Su me enseñó el papel amarillo, que había colocado tan cuidadosamente entre los dientes de su peineta, sobre su cabellera.

—Me rodearon unos bañistas y me preguntaron qué me sucedía. Les dije: «He visto un fantasma». Un señor muy amable me dijo: «Es la primera vez que un hecho así ocurre en esta playa», y agregó: «Pero no es peligroso. Usted es una gran nadadora. No se aflija».

Durante una semana entera pensé en ese fantasma. Podría dibujártelo, si me dieras un papel y un lápiz. No se trata ya de una mariposa común; se trata de un pequeño monstruo. A veces, al mirarme en el espejo, veía sus ojos sobrepuestos a los míos. He visto hombres con caras de animales y me han inspirado cierta repugnancia; un animal con cara humana me produce terror.

Imagínate una boca desdeñosa, de labios finos, rizados; unos ojos penetrantes, duros y negros; una frente abultada y resuelta, cubierta de pelusa. Imagínate una cara diminuta y mezquina —como una noche oscura—, con cuatro alas amarillas, dos antenas y un alfiler de oro; una cara que al desmembrarse conservaría en cada una de sus partes la totalidad de su expresión y de su poder. Imagínate ese monstruo, de apariencia frágil, volando, inexorable (por su misma pequeñez e inestabilidad), llegando siempre —tal como yo lo imagino— de la avenida de las tumbas de los Ming.

—Habrás contribuido a formar una nueva especie de mariposas, Kêng-Su: una mariposa temible, maravillosa. Tu nombre figurará en los libros de ciencia —le dije mientras nos desvestíamos para bañarnos. Consulté mi reloj.

—Son las ocho de la noche. Entremos en el mar. Las mariposas no vuelan de noche.

Nos acercábamos a la orilla. Kêng-Su puso un dedo sobre los labios, para que nos calláramos, y señaló el cielo. La arena estaba tibia. Tomadas de la mano, entramos en el mar lentamente para admirar mejor los reflejos del cielo en las olas. Estuvimos un rato con el agua hasta la cintura, refrescando nuestro rostro. Después comenzamos a nadar, con temor y con deleite. El agua nos llevaba en sus reflejos dorados, como a peces felices, sin que hiciéramos el menor esfuerzo.

—¿Crees en los fantasmas?

Kêng-Su me contestaba:

—En una noche como ésta... Tendría que ser un fantasma para creer en fantasmas.

El silencio agrandaba los minutos. El mar parecía un río enorme. En los acantilados se oía el canto de los grillos, y llegaban ráfagas de olores vegetales y de removidas tierras húmedas.

Iluminados por la luna, los ojos de Kêng-Su se abrieron desmesuradamente, como los ojos de un animal. Me habló en inglés:

—Ahí está. Es ella.

Vi nítidamente la luna amarilla recortada en el cielo nacarado. Lloraba en la voz de Kêng-Su una súplica. Creo que el agua desfigura las voces, suele comunicarles una sonoridad de llanto: pero esta vez Kêng-Su lloraba, y no podré olvidar su llanto mientras exista mi memoria. Me repitió en inglés:

—Ahí está. Mírala cómo se acerca buscando mis ojos.

En la dorada claridad de la luna, Kêng-Su hundía la cabeza en el agua y se alejaba de la costa. Luchaba contra un enemigo, para mí invisible. Yo oía el horrible chapoteo del agua y el sonido confuso de unas palabras entrecortadas. Traté de nadar, de seguirla. La llamé desesperadamente. No podía alcanzarla. Nadé hacia la orilla a pedir socorro. No soy buena nadadora; tardé en llegar. Busqué inútilmente al guardamarina, al bañero. Oí el ruido del mar; vi una vez más el reflejo imperturbable de la luna. Me desmayé en la arena. Después debajo de la carpa encontré la tira de papel amarillo, con el ídolo pintado.

Cuando pienso en Kêng-Su, me parece que la conocí en un sueño.

El impostor

Hacía un calor sofocante. A las cuatro llegué a Constitución. Los libros intercalados entre las correas de la valija, y la valija, pesaban mucho. Me detuve a comer el resto de un helado de frutilla junto a uno de los leones de piedra que vigilan la escalinata de entrada. Subí por la escalinata. Faltaban veinte minutos para que saliera el tren. Vagué un rato por la estación, curioseé en los escaparates de las tiendas. Me llamó la atención, en la librería, un lápiz Eversharp, muy barato: lo compré; compré también un frasquito de gomina rosada. No uso gomina, pero pensé que en el campo, en los días de viento, podría hacerme falta. En los reflejos de una vidriera vi, como un oprobio, mi pelo rizado. Reminiscencias vagas de mis primeros padecimientos en el colegio acudieron a mi memoria.

Me había olvidado de algo, de algo importante. Miré mi muñeca, para asegurarme que llevaba el reloj, miré el pañuelo en el bolsillo, la bufanda de lana escocesa enroscada en las correas de la valija. Me había olvidado de las pastillas de bromuro. Antes y después de los exámenes suelo sufrir de insomnios, pero tal vez el aire, el sol de campo, como dijo mi madre al despedirse de mí, actuaran sobre los nervios mejor que un sedante. Ella no admitía que un muchacho de mi edad tomara medicinas. Sin embargo, yo había olvidado algo, algo más importante que las pastillas de bromuro. Había olvidado mi libro de álgebra: lo lamenté al mirar desde el andén la esfera del reloj (su perfecta redondez me recordaba los más hermosos teoremas). Lo lamenté, pues el álgebra era mi materia predilecta.

Cuando subí al tren los guardas no habían terminado aún de remover los asientos. Subían estrepitosamente las ventanillas, con plumeros largos levantaban nubes de polvo y de moscas. El vagón estaba imbuido de olores, de calores sucesivos. La luz ardiente del día reposaba su claridad celeste en los vidrios, en las manijas de metal, en los ventiladores inmóviles, en los asientos de cuero.

En el compartimiento que elegí se sentaron, unos minutos después, una mujer y una muchacha muy joven. Traían una canasta y un ramo de flores envuelto en un papel de diario. Tomé uno de mis libros y fingí leer, pero observaba a las vecinas, que después de acomodar las flores y de sentarse, con laboriosos movimientos abrieron la canasta y desenvolvieron un paquete con alfajores. Mientras comían, hablaban en voz baja; sin duda hablaban de mí, pues la muchacha, que no era tan desagradable como yo lo había supuesto en el primer instante, me miraba de soslayo, con un movimiento imperceptible, de interrogación, en las cejas.

La señora, inclinándose hacia mí y ofreciéndome un alfajor, me dijo confidencialmente:

—Tienen dulce de leche. Si no me equivoco, usted es hijo de Jorge Maidana.

Vacilando, acepté el alfajor. La señora no esperó mi respuesta.

—Hemos sido como hermanos. —Limpiándose los labios con una servilleta de papel, prosiguió—: El tiempo, las circunstancias, no siempre favorables, separan, a veces, a los amigos de juventud. Usted era muy niño; no se acordará de aquellos días en Tandil, cuando nos reuníamos para las fiestas de carnaval y de Semana Santa.

En un laberinto de recuerdos vi el Hotel de Tandil, pintado de verde, las numerosas mesitas del corredor, las hamacas, las piedras gigantescas del jardín, las sombras, el sol infinito del espacio, mezclándose a aquellos indelebles olores a pomo de carnaval, a incienso y a melancólicos jazmines: en ese edén confuso, una señora vestida con un quimono cubierto de enredaderas me había iniciado en la prohibida ascensión de unas montañas.

Asentí con la cabeza.

—¡Qué hermosos recuerdos! —prosiguió la señora—. Yo estaba de novia. Su madre me acompañaba de noche al corso. Por las tardes, como dos mariposas, jugábamos al tenis. Hacíamos las Estaciones y el Viacrucis juntas.

La muchacha me miraba. La señora suspiró levemente, hizo aletear un pañuelo, se enjugó la frente y, como queriendo cambiar de conversación, preguntó:

—¿Aficionado a la lectura? Siempre lo he dicho: en los viajes no está de más llevar un libro. ¿Va muy lejos?

—A Cacharí —contesté sin entusiasmo.

—¡A mis pagos! Cacharí, Cacharí, Cacharí.

La miré con asombro. Ella continuó:

—¿No conoce la leyenda? Cacharí era un cacique temible. Cerca del pueblo lo mató el ejército, hace un siglo. Cayó herido y durante tres noches y tres días, gritó: «Cacharí, Cacharí, Cacharí. Aquí está Cacharí». Nadie se atrevió a acercarse al lugar donde el indio agonizaba. Dicen que aún hoy cuando sopla el viento, a medianoche, en invierno, se oye el grito de Cacharí. ¿Viene a pasar las vacaciones? ¿Solito? Seré curiosa: ¿dónde?

—En la estancia «Los Cisnes».

—Pero ¿no arrendaron el campo? ¿Quién está allí?

—Armando Heredia —contesté con impaciencia.

La señora musitó varias veces el nombre y finalmente inquirió:

—¿Armando Heredia, el viejo?

—Tiene dieciocho años —respondí, mirando por la ventanilla.

—¿Ya tiene dieciocho años?

La miré con odio: primeramente me preguntaba si Armando Heredia era el viejo, después (para prolongar vanamente el diálogo), se asombraba que ya tuviera dieciocho años.

—¡Cómo pasa el tiempo! —suspiró de nuevo la señora palmoteando los pliegues de una solapa blanca, de muselina, sobre la protuberancia de su pecho—. Es una estancia triste «Los Cisnes». La casa está abandonada y hay más murciélagos que muebles. Pero es natural, a un muchacho de su edad no le asustan estas cosas. Es inútil, yo siempre sostengo que las amistades quedan en la familia. Los padres se separan, pero los hijos de esos mismos padres vuelven a reunirse. ¿Armando Heredia será compañero suyo?

—No lo conozco.

—¡No lo conoce! Dicen que el mozo es medio loco. Cuentan que cegó un caballo porque no le obedecía: lo ató a un poste, lo maniató, y le quemó los ojos con cigarrillos turcos. Pero no hay que dejarse llevar por cuentos.

Asentí con un movimiento de cabeza. Cariñosamente, la muchacha estrujaba entre sus manos el papel que había envuelto uno de los alfajores. Las manos eran delgadas, nerviosas. En sus ojos no sé qué belleza melancólica y tímida me cautivaba.

Se detuvo el tren y aproveché el momento oportuno: me asomé por la ventanilla como si esperara a alguien, me precipité afuera, bajé y caminé un rato por el andén. El calor de la tarde estaba en su apogeo. Sentía el sol ardiente sobre mi cabeza. En un rincón, en la sombra, cuatro o cinco hombres esperaban, como hipnotizados. Un gato blanco dormía en un banco de la sala de espera. Subí al vagón, volví a mi asiento. Cuando de nuevo arrancó el tren, oí la voz monótona e insistente:

—Qué largos son estos viajes en verano. Solamente los hago por obligación. Tuve que llevar a Claudia al oculista. Le recetaron anteojos.

Sacó de la cartera unos anteojos oscuros y, examinándolos, agregó:

—No quiere usarlos. Dice que no ve las letras del diario ni los escalones y que el tiempo parece tormentoso y triste a través de los vidrios oscuros.

La muchacha echó la cabeza hacia atrás, con un movimiento de pájaro, y descubrió su cuello redondo. Sus ojos se movieron, inquietos, de un lado a otro, para después posarse abstraídamente sobre mí. Pensé que hacía bien en no querer usar anteojos. ¿Qué hubiera quedado de su rostro sin la luminosidad de su mirada? ¿Qué hubiera hablado en ella? A través de los lentes oscuros, jamás me hubiera atrevido a creer que me miraba.

Me asomé de nuevo por la ventanilla. Ningún relámpago en el cielo, ninguna puesta de sol, ningún cometa justificaba, para esta señora, mi larga contemplación. El campo ardientemente monótono, con pastos amarillos o verdes, se extendía con sus repetidas ovejas, sus caballos y sus vacas.

Mis compañeras de viaje todavía no me habían dejado reflexionar. ¿Cómo sería aquella estancia remota, con el nombre de un pájaro que para mí existía solamente en los lagos de Palermo o en los versos de Rubén Darío? ¿Cómo sería Armando Heredia? Cuando su padre me lo describía, sentí algún afecto por aquel muchacho, solitario y desconocido, cuya indiferencia preocupaba a toda una familia. Esto también es cierto: sentí una mezcla de admiración y repugnancia por él.

¡Todo lo que la imaginación puede fraguar alrededor de un nombre! Mientras desfilaban ante mis ojos las nubes y los animales del poniente, lo imaginaba alto, ancho de hombros, moreno, cruel y melancólico, afectado y grosero, siempre con olor a alcohol.

«¡Cómo un muchacho que se ha recibido de bachiller en Europa, que iba a seguir la carrera de médico, un muchacho con bastante afición a la música, puede encerrarse un buen día en una estancia abandonada, cuidada por los murciélagos y los sapos! ¿Para qué se encierra en esa estancia? No es para estudiar, ni para cultivar la tierra, ni para criar vacunos», un día exclamó, escandalizada, mi madre. Pero ¿acaso Armando Heredia no era más sensato que su familia? El arrendatario del campo les había cedido el casco de la estancia y por pequeño que éste fuera ¿cómo no disfrutaban de esa propiedad de campo, ya que la situación pecuniaria en que se encontraban no les permitía veranear en otra parte?

Armando Heredia me parecía pertenecer a la raza de los héroes (en una nube imaginé su perfil atrevido): no había sucumbido bajo las iras familiares. Había podido abandonar todo por nada. Sin embargo yo no estaba tan seguro de que ese nada fuera realmente nada.

En los vidrios de la ventanilla vi el reflejo de una nube y el horizonte que achataban un sol casi violeta. Vi también el rubor de mi frente, mientras pensaba: soy un avergonzado embajador enviado por el amigo de mi padre. Yo soy tímido y nada astuto, ¿qué influencia puedo tener sobre el ánimo de un muchacho que sólo conozco por vagas, contradictorias informaciones? «Lo único que tienes que hacer es seguir estudiando», me había dicho el señor Heredia, mientras fumaba un habano, en el escritorio de mi padre, «demostrarle tu amistad, si la sientes. Creo en la eficacia del ejemplo: ningún consejo será mejor. No podría pedirte, no, no podría pedirte, aprovechando las ventajas de una posible amistad, que arranques de su corazón un secreto para entregármelo a mí. Temo que en el misterio de su reclusión exista una mujer o un vicio. Repito: lo único que tienes que hacer, amigo mío, es estudiar allí y aprovechar el aire saludable del campo. La casa está abandonada, pero para un muchacho de tu edad eso no significa una molestia sino una diversión más».

Admiré en la ventanilla una interminable laguna donde reposaban como flores algunos adormecidos flamencos. Pensé en la frescura de un baño y, al contemplar mejor la monotonía del agua, seguí el curso anterior de mis pensamientos. Mi padre, que estima al señor Heredia como uno de sus mejores amigos de infancia, viendo, en la promesa de un vínculo de amistad entre su hijo y yo, reanudarse una relación interrumpida desde hacía años por circunstancias ineludibles de la vida, me recomendó que desplegara la máxima cautela, la conducta más sagaz, la inteligencia más sutil para acercarme a Armando Heredia e influir sobre su carácter áspero. Tantas esperanzas puestas en mí me confundían.

Si Armando Heredia no me resultaba simpático, si yo no le resultaba simpático, ¿cómo haría para soportar aquellos quince o veinte días en la soledad definitiva del campo? Por lo menos ¿habría en la estancia un aparato de radio, una bicicleta, un caballo?

Caía la noche con un cielo vacío. Sobre la frescura del vidrio apoyé mi frente: me sentía afiebrado. Hubo un momento de júbilo cuando vimos la primera llama y el primer avestruz iluminados por monstruosas luces. Leí un rato. Pensé que estaba solo y hasta cierto punto lo estaba. Mi interlocutora se había dormido; la muchacha, reclinada en el respaldo del asiento, con los ojos entornados, trataba de imitarla. Vi que su boca tenía la forma de un corazón orgulloso. Vi que llevaba en su vestido un broche con piedritas celestes; las piedritas dibujaban un nombre: María.

Las luces comenzaban a encenderse cuando el tren se detuvo en la estación de Cacharí. No me esperaba Armando Heredia, sino un peón afónico, cuya cara no pude distinguir de la noche, y una volanta desvencijada.

Ladraban los perros. En la oscuridad de una casa muy larga, compuesta casi esencialmente de corredores, de enredaderas superpuestas, apareció Armando Heredia llevando una lámpara de querosene en la mano. Gracias a las circunstancias nuestro encuentro fue providencialmente natural. Un chiflón apagó la lámpara. Tuvimos que ir a la cocina, a buscar otra. En el cuarto contiguo una agria voz de mujer protestaba contra las camisas de las lámparas. Todas se habían quemado ese día. Armando Heredia descolgó del techo un farol y me condujo con la luz a través de otro corredor. Llegamos a una habitación larga; algunos tablones del piso estaban hundidos.

—Esto fue un comedor —me dijo Heredia, iluminando su cara con la lámpara—; todo en esta casa fue y ya no es, aun la comida —agregó, enseñándome una fuente con carne ahumada y hojas de lechuga amarilla.

Algunas personas que vemos por primera vez nos sugieren falsos recuerdos; creemos haberlas visto antes; seguramente tienen algún parecido con otras que conocimos en algún café o en alguna tienda. Heredia no era como yo lo había imaginado, pero en cambio se parecía a alguien: no podía descubrir a quién. Busqué nombres, lugares en mi memoria; lo asocié a un librero de la calle Corrientes, a un profesor de matemáticas. Mientras observaba el movimiento de sus labios perdí las esperanzas de saber a quién se parecía. Me sentí humillado ante mi falta de memoria.

—Si quiere pasar a su cuarto, antes de comer, sígame.

Atravesamos otros corredores y llegamos a un dormitorio con un techo muy bajo. Las ventanas eran de distinto tamaño, los muebles llevaban esculpidos en la base una suerte de monstruos, con colas dobles de sirenas; los vislumbraba apenas en la trémula luz del velador.

—En este armario hay una percha, la única. Es mía —dijo Heredia, mostrándome en la oscuridad el armario entreabierto—. ¿Ve las goteras?

Interesado, inspeccioné la oscuridad.

—Estas vasijas —prosiguió, dando un puntapié sobre un objeto— están destinadas no sólo a recoger el agua cuando llueve, sino a producir insomnios y una música imprevisible. Podría jurarlo: cada gota que cae en estos recipientes produce un sonido infinitesimalmente distinto del anterior y del siguiente. He oído más de quinientas lluvias en este cuarto.

Pensé decirle: Es muy aficionado a la música. Pregunté atentamente:

—¿Llueve mucho?

Me lavé las manos, saqué algunas cosas de mi valija, me peiné. Después nos sentamos a comer, casi a oscuras.

El sol implacable iluminaba el cielo y una arboleda tupida, cuyas copas se dibujaban contra nubes blancas. Un viento ardiente soplaba sobre los pastos secos. Era aquélla una estancia abandonada. Sobre el techo de la casa crecían un eucalipto y algunas flores silvestres. Las enredaderas devoraban las puertas, los aleros de los corredores, las rejas de las ventanas. En una película cinematográfica había visto algo parecido. Una casa con telarañas, con puertas desquiciadas, con fantasmas.

Salvo a Heredia, no había visto a nadie después de mi llegada. El desayuno, en la cocina, a las siete de la mañana, fue bastante frugal. En uno de mis bolsillos guardé un pedazo de galleta y unos terrones de azúcar, que fui comiendo despacio.

El silencio me asombraba como algo totalmente nuevo: llegaba a ser terrible y estridente.

—Hace mucho que no salgo al campo —exclamé como respondiendo a una pregunta que nadie había formulado—, el aire y el sol me aturden.

Armando Heredia caminaba a mi lado, dando cortos rebencazos en el pasto. Nos seguían tres perros.

—Las cosas monótonas son las más difíciles de conocer. Nunca nos fijamos bastante en ellas porque creemos que son siempre iguales.

—¿Qué es monótono?

—El campo, la soledad.

Callamos, incómodamente.

—¿Por qué esta estancia se llama «Los Cisnes»? —pregunté, tratando de evadir el silencio.

—Por los cisnes de la laguna —me dijo señalando con su rebenque un lado problemático del monte.

Tuve la sensación de estar ciego: de noche, la oscuridad; de día, la intensa luz, no me permitían ver.

—¿Y los cisnes? —pregunté.

—¿No le dije ya que todo ha desaparecido en esta estancia? —prosiguió—. Todo, salvo los murciélagos, las arañas, los reptiles, usted y yo.

En ese instante, como ilustrando el final de su frase, una víbora se deslizó entre los pastos. Retrocedí de un salto. Heredia inquirió:

—¿Es miedoso?

Esta frase hubiera podido ofenderme, pero todo me parecía demasiado irreal. Repliqué:

—Todo lo que es viscoso me da miedo: un pescado, un sapo, el jabón cuando está derretido, cualquiera de esas ranitas que sobrevienen con la lluvia.

Me convidó con cigarrillos. Nos detuvimos. Mientras encendía un fósforo y resguardábamos la llama entre nuestras manos, lo observé atentamente. Estaba apoyado en el tronco de un árbol. Examiné las bombachas negras, el cinturón de cuero sobado, el pañuelo azul atado al cuello, el grave perfil casi griego (que recordaba alguna de las estatuas que poblaban las láminas de un libro de historia de Malet). Volví a asociar su cara a otras caras, en vano.

—¿Podríamos ver la laguna? —inquirí. Luego agregué con verdadera curiosidad—: ¿Y por qué no tiene cisnes? ¿Los cazaron todos?

—Los cisnes no se cazan, pero mi abuelo materno los hizo matar. Pretendía que le traían mala suerte. En la familia creen que tuvo razón. La muerte rectifica muchas cosas; con mi abuelo fue esplendorosa: transformó sus supersticiones en nobles y meditadas actitudes, sus manías en admirables constancias. Mi tía Celina, la menor de sus hijas, que solía ir a la laguna con las chicas del puestero, enfermó gravemente un día de diciembre. Dijeron que se había bañado en la laguna; volvió a la casa descalza y con la ropa mojada. Cuarenta noches y cuarenta días tembló de fiebre en la cama de hierro donde yo duermo ahora y nadie sabía que en sus delirios veía los enormes cisnes de la laguna picotear su cabeza. «Allí están otra vez. Ahí vuelven», gritaba tía Celina. Mi abuelo le preguntaba: «¿Quiénes vuelven?», ella contestaba: «Los monstruos». «¿Qué monstruos?» «Los grandes, con las caras negras.» Dos años duró su enfermedad. Mi abuelo tardó en averiguar quiénes eran los monstruos de caras negras. Cuando lo supo, hizo matar los cisnes. Después, poco tiempo después, mi tía Celina murió de un ataque al corazón. Dicen que en esos días encontraron al último cisne en la laguna y que mi abuelo lo estranguló con la mano izquierda. Toda esta historia desprestigió la estancia. Mi madre no quiso volver. Adoraba a Celina. Mi padre, aunque nunca vivió más de una semana aquí, siente una atracción romántica por el lugar. El arrendatario del campo no aceptó la casa. Es natural, la suya es mejor. Aquí se quedaron a vivir la antigua casera, esa mujer que cocina para nosotros y nos lava la ropa, el marido, que fue el peón más antiguo de la estancia y que tiene algunas ovejas y algunos caballos, y el nieto, de doce años, que se llama Eladio Esquivel.

—Pero ¿son invisibles?

—Si fueran silenciosos sería mejor —respondió Heredia.

—No los he oído.

—Hoy se fueron a Tapalqué, para asistir a un casamiento. Volverán a la noche. Dejaron preparada la sopa. Una sopa incomible.

Nosotros mismos asaremos la carne en las brasas. Hay dulce de membrillo y queso.

La descripción de este almuerzo despertó mi apetito. Saqué un trozo de galleta del bolsillo y lo comí mientras contemplaba las avenidas idénticas del monte.

Sentía sueño, sueño y hambre. Era la abrumante hora de la siesta. Penetré en una especie de despensa con olor a jabones y a yerba, donde zumbaban moscas. Los postigos estaban cerrados. Un hálito fresco y agradable me acariciaba la frente, mientras me acostumbraba a la oscuridad. En el suelo vi dos cajones vacíos, tres bolsas: una, con protuberancias desiguales, que contenía las galletas; otra, con forma de almohada, con algo que debía de ser afrecho; otra casi vacía con maíz desgranado. En los estantes, en un rincón, vi unos jabones amarillos y una escoba; en otro rincón, un pedazo de dulce de membrillo, dos tajadas del mismo dulce sobre un plato; en el último estante, tres botellas de vino negro, un sifón viejo y un extraño objeto que me llamó la atención. Para examinarlo de cerca subí sobre uno de los cajones. Lo tomé en mis manos. Era un florero de porcelana azul, con helechos rosados, que representaba una canasta; un cupido con la boca abierta sostenía la tapa con una mano y con la otra una guirnalda de flores y de frutos exuberantes. En la casa de uno de mis amigos había visto, en una vitrina o tal vez en el centro de una mesa redonda, un adorno idéntico. Dejé en la repisa el repugnante objeto; estaba cubierto de telarañas y de polvo. Bajé del cajón y miré el dulce en el plato. Tenía hambre, pero no me gusta el dulce de membrillo. Resignado, tomé las tajadas y las devoré.

Nuestros paseos a caballo me deleitaban: los esperaba en la primera luz del día, en los primeros cantos de los pájaros. Heredia me había prestado unas bombachas y un par de alpargatas. Con exaltación incomparable crucé la laguna y vi flotar sobre las aguas nidos en forma de canastas. Encontré en el campo un huevo de perdiz, oscuro y lustroso, de color de chocolate, y otro huevo enorme de avestruz.

Del fondo de la cocina llegaban las voces de un aparato de radio: llenaban la solitaria casa de resonancias. Comprendí por qué Heredia se había lamentado de que los habitantes de la casa no fueran tan silenciosos como invisibles. «Las radios ajenas son agresivas», decía mi amigo mientras se sacaba las botas para calzarse las alpargatas. Salimos a un patio. Era de noche. Vi nacer una luna conmovedora. En ese instante, no por su modo de hablar ni por sus palabras, sino por su modo de distribuir las audaces ventajas del silencio, tuve la deslumbrante revelación de la inteligencia de Heredia.

Andábamos a caballo por el campo. Yo le preguntaba a Heredia a quiénes pertenecían los montes y las casas que se divisaban a lo lejos. Me explicaba con paciencia:

—Aquel monte es de Rosendo Jara. Tiene ovejas. Aquél es de Miguel Ramos, el almacenero. Tiene un plantel de vacunos y un hijo, que es domador. El de más allá, en donde se ve un molino, es de Valentín Gismondi, un hombre más pobre que los otros. Tiene una hija llamada María.

Lentamente progresaba nuestra amistad. Lentamente llegamos a hacernos confidencias recíprocas. Le hablé de la antipatía que sentía por mi hermano mayor, de la absurda actitud que tomaba mi madre ante un sentimiento tan natural. Los vínculos de la sangre no existían para mí. ¿No bastaba que fuéramos hermanos? ¿Teníamos que ser amigos? Heredia me comprendía. Me hablaba de su padre:

—No puede tolerar que yo esté aquí. Sospecha que le oculto un secreto. ¿Acaso puede uno vivir sin ocultar un secreto a su padre? Suponiendo que lo averiguara y lo descubriera, siempre existiría un secreto. Nunca podría conocerme. Un día sospecha que estoy enamorado; otro, que me abandono a la bebida. Desconcertarlo me divierte.

—Está mal —dije con desgano.

—¿Por qué está mal? Las personas frívolas necesitan ser castigadas. Si lo llevara a un rancho hecho de barro, sin postigos, tal vez sin puertas, y le enseñara a una muchacha como María Gismondi, con olor a humo pero llena de virtudes; si le dijera: «Ésta es mi novia», me trataría como a un criminal.

—¿Y ésa es su situación?

—No, de ningún modo. Quiero probarle con este ejemplo la frivolidad de mi padre. Es un monstruo. He pensado a veces...

Yo sentía el transcurso, la esencia del tiempo en sus repeticiones. Recordar el presente es alargar más el tiempo. Recordaba las fragancias de las lluvias, al declinar el día, cuando Heredia, sin dar explicaciones, desaparecía de la estancia. Yo oía el galope del caballo, que se alejaba sobre el camino de tierra, o veía una nube de polvo, que se alejaba con la volanta.

Pensaba: regresa no sé a qué horas, cuando estoy profundamente dormido. Oigo los pasos de sus botas sobre las baldosas del corredor. Golpea mi ventana, para darme las buenas noches. Lo oigo entre sueños. Mientras duermo, el tiempo interrumpe su ritmo convencional. En lugares solitarios el sueño se enlaza a la realidad. Ésa es como la imitación de una vida muy larga, con sus memorias. Hace cinco o seis días que vivo en esta estancia con Armando Heredia y me parece que toda mi vida he vivido con él, en esta casa; que siempre que he oído llover, que siempre que he visto las puestas de sol, Armando ha golpeado en mi ventana para decirme buenas noches, en medio de mis sueños.

Llegamos del fondo del campo, a caballo, y nos bañamos en el tanque australiano que estaba en la antigua huerta. El agua nos llegaba a la cintura, pero yo sentía más placer que en los baños que me daba en la piscina de la Asociación Cristiana de Jóvenes, o en las playas de Olivos, en el Río de la Plata. Nos zambullíamos alegremente en medio metro de agua. Los pájaros bajaban, rozando apenas el agua con las alas, y ascendían rápidamente al cielo. Mientras nos vestíamos debajo de un sauce, cuya sombra nos cobijaba, nuestro diálogo se internaba por los senderos de las confidencias.

—En el primer momento, cuando quise quedarme aquí, mi padre me creyó loco —me decía Heredia—. Cuando vio que todo era inútil, pues a pesar de no haberme dado un centavo yo insistí en quedarme, me pidió, como último recurso, que fuera a Buenos Aires a consultar a un médico. Acepté. Yo sufría de insomnios y de frecuentes dolores de cabeza. Mi encuentro con el médico —el doctor Tarcisio Fernández, un psicoanalista— fue cómico. Él mismo me había prescripto una franqueza absoluta, que aproveché para insultarlo durante las visitas que le hice en su consultorio. Después él mismo aconsejó a mi padre que me dejara venir al campo y me pidió, ya sin esperanzas de ser oído, que anotara mis sueños. Del cajón de su escritorio sacó un cuaderno, con tapas de cuero azul, que me entregó diciéndome: «Este cuadernito podrá servirle para anotar sus sueños». Reconciliados, nos despedimos. Le prometí obedecer su pedido. Quisiera satisfacer ese pueril capricho, le aseguro, pero no puedo, no he podido, no tengo sueños. ¿Usted sueña mucho?

—Sí, pero cosas absurdas, sin interés; muchas veces creo que estoy pensando y en cambio estoy soñando. Me transformo en otro individuo: sueño con personas, lugares y objetos que jamás he visto. Después, cuando no puedo vincularlos con la realidad, los olvido. Recuerdo que en uno de mis sueños me dormí de aburrimiento. Sin duda son sueños hereditarios.

—Cómo interesaría todo esto a Tarcisio Fernández —exclamó Heredia—. Yo quisiera tener sueños, aunque fueran inconciliables con la realidad. No soñar es como estar muerto. La realidad pierde importancia. Pienso en los sueños de Jacob, de José, de Sócrates; pienso en el de Coleridge, que le inspiró un poema. A veces me despierto con la sensación de tener dentro de mi memoria una hoja en blanco; nada parece imprimirse en ella. Cometería un crimen si ese crimen me permitiera soñar. Maidana, por favor, cuénteme alguno de sus sueños. Si yo estuviera como usted condenado a soñar con personas y lugares que no conozco —se interrumpió un instante para atarse las cintas de una alpargata—, seguramente me divertiría mucho. Me dedicaría a buscar esos lugares y esas personas.

—Yo no podría hacerlo porque no soy fisonomista. Apenas reconozco a personas que he visto muchas veces en la vida. En un sueño tengo menos probabilidades de recordarlas.

—Cuénteme algunos de sus sueños —insistió Heredia.

—En este momento tendría que inventarlos. No recuerdo ninguno.

Solo, a las ocho de la noche, vagaba por el campo. Quería ver en la laguna los pájaros que acuden a sus nidos a la puesta del sol. Al pasar por el alambrado de púas me lastimé un dedo. Busqué una hoja, para limpiarme la sangre, pero no encontré sino la cinacina del cerco y los cardos del camino. Llegué a la laguna.

Me inclinaba entre los juncos, sobre el agua, para lavarme las manos, cuando vi una extraña criatura acurrucada en el suelo. Primero pensé que era una oveja echada, una de esas ovejas, como los leones de algunos cuadros, con cara de hombre. Me acerqué más, removí los juncos. Era un hombre con el pelo largo hasta la cintura; estaba sentado adentro del agua, trenzaba con los juncos una suerte de jaula, que le serviría, sin duda, para capturar pájaros. Me acerqué. Le hablé. No me oyó. En la austeridad del silencio, el silbido que sus labios modulaban era similar al canto de los más ingeniosos pájaros.

Heredia comía sobriamente. No bebía vino; no olía nunca a alcohol. Era bueno con los animales. Su conducta era correcta. Yo lo estimaba. Las calumnias habían sido vanas: pensaba estas cosas al mirar en mi mano la rama amarga, con frutos rojos, de un duraznillo.

Heredia de vez en cuando interrumpía su diálogo; arrancaba hojas de los árboles para llevárselas a la boca y masticarlas.

—Mi padre me ha enviado una carta, anunciándome para la próxima semana la llegada de uno de sus amigos. —Sacó la carta del bolsillo y sonrió extrañamente—. Lo manda —prosiguió— para espiarme. Pienso no tolerar ninguna de esas intromisiones: mataré de un balazo a cualquier persona que pretenda meterse en mi vida privada.

—¿Tiene revólver?

—No; pero alguien podría prestármelo.

—Iría preso.

—No me importa ir preso. ¿Acaso no estoy preso aquí?

—Por su gusto.

—¿Por mi gusto? —se interrumpió un momento—. Tal vez sí, tal vez no.

Llovía. Como predijo Heredia, dentro de los recipientes, que estaban colocados en mi habitación, las gotas caían con sonoridades rítmicas y tonos tan diversos que resultaba imposible no oírlos (como se oyen, sin querer, algunas músicas).

¿Por qué Heredia no me llevaba nunca al pueblo de Cacharí? El día que resolví ir a la peluquería ¿por qué combinó un viaje a Azul, y me llevó en tren y de mala gana? ¿Por qué no me dejaba entrar en su cuarto que está en el ala opuesta de la casa? ¿Me ocultaba algo? ¿Mi amistad con él había sido ilusoria? Me hacía esta serie de reflexiones cuando Eladio Esquivel, el nieto de la casera, se asomó a mi ventana y me dijo: «Hay correspondencia para usted». Debajo de un capuchón improvisado con bolsas, para protegerse de la lluvia, vi por primera vez la cara risueña del muchacho. Pensé: ¡qué manía tengo de descubrir parecidos en las personas! Creí evocar un retrato de mi padre a los diez años. Abrí el sobre. Leí la firma, para no alegrarme vanamente. La leí con asombro. Era una carta del señor Heredia, a quien yo había perfectamente olvidado. Sentí un leve malestar. No podía identificar al señor Heredia, que yo había conocido en Buenos Aires, con el padre de Armando Heredia. Si hubiera seguido mi primer impulso no hubiera leído la carta. Tal vez pensé en lo frágil que es nuestra inocencia ante la imaginada interpretación de los demás. Venciendo mi repugnancia comencé la lectura. No puedo textualmente repetir su contenido, pero su significado era más o menos éste: Después de preguntarme qué recibimiento me habían hecho en la estancia, si me divertía, si no me mataban de hambre, si la vida de campo era de mi agrado, mencionaba a su hijo, me pedía noticias de él, de su conducta, de su aspecto físico, etc. La carta, escrita en un tono paternal y quejumbroso, me desagradó. La escritura era grande, inclinada y pretenciosa. Tengo algunos conocimientos de grafología. Cavilé un instante sobre los rasgos principales de la escritura. Descubrí en ellos su cobardía y su vanidad. Cuando alcé los ojos, Armando Heredia estaba frente a mí. Como una sombra había entrado en mi habitación, como una sombra lo vi recortado en el marco de la puerta, por donde se infiltraba la luminosidad verdosa y celeste de la lluvia. Desde mi llegada a la estancia no había sentido culpabilidad alguna en mi actitud: Armando Heredia no me había interrogado; por lo tanto, yo no había sentido la obligación de relatarle mi entrevista con su padre, ni se me había ocurrido cavilar sobre estas cosas. Frente a su invisible semblante me sentí, con una carta que parecía revelar mi traición, tenebrosamente culpable. Heredia retrocedió unos pasos para avanzar de nuevo; la luz iluminó sus ojos. Seguí la dirección de su mirada: atravesaba la carta y el rubor incontenible de mi rostro.

—¿Y usted mantiene correspondencia con mi padre?

Agité la hoja en el aire y le respondí riéndome, tratando torpemente de tranquilizarme.

—Me ha escrito estas líneas. Intentaba hacer su grafología.

—Tendría que hacer su propia grafología, para averiguar qué clase de espía es usted. —Al pronunciar estas palabras Heredia tomó una jarra que había sobre la mesa y la estrelló contra la pared. El agua cayó como una enorme flor—. Mi padre es un imbécil, pero usted es un hipócrita. Usted ha venido a esta estancia con el pretexto de descansar, de estudiar para los próximos exámenes; ni descansa, ni estudia. Pero tampoco sirve para espiar; para todo hay que ser inteligente.

Con estas palabras dio un portazo y se alejó por los corredores. Oí sus pasos, metálicos, en la lluvia.

En mi corazón ¿predominaba la ira o el remordimiento? La ira convertida en resentimiento se volvía más incómoda; el remordimiento convertido en asombro, más llevadero. Preparé mi valija. Acomodé los libros entre las correas de cuero. Me preocupaban muchas cosas: ¿en qué me iría a la estación? ¿Qué diría al señor Heredia y a mis padres en Buenos Aires? ¿Dónde estaba mi bufanda? Abrí el postigo. Llovía torrencialmente. Entré en la cocina. No había nadie. Me senté en un banco frente a la puerta. El humo de los leños húmedos llenó mis ojos de lágrimas. La casera tardó en llegar y, al verme con la valija, me preguntó si estaba de viaje. Le dije que esperaba irme esa misma noche. Averigüé la hora de los trenes. Le pregunté si la volanta podría llevarme; no me aseguró nada.

La lluvia amainó. Se despejó el cielo. Dejé la valija en la cocina y salí al patio. Me interné por el monte. Volvió a sorprenderme la similitud de todos los caminos de eucaliptos y de casuarinas. Me seguía uno de los perros. Desde el primer momento me había seguido; por las mañanas me esperaba indefectiblemente en la puerta de mi cuarto. Era negro, lanudo y humilde. Lo llamaban Carbón.

La lluvia, finísima, se infiltraba apenas entre el follaje. La tierra, en el bosque de eucaliptos, no estaba húmeda. Se hubiera dicho que los rayos de sol apresados en un colchón de hojas secas mantenían un calor y un olor más intensos en medio de la lluvia. Me senté al pie de un árbol, desde donde se divisaba la entrada de la casa. Melancólicamente pensaba en todo lo agradable y lo desagradable de mi estadía, en lo poco que había estudiado, en los insultos de Heredia, en la indignidad aparente de mi actitud, en los paseos a caballo, en los baños en el tanque australiano, en la muerte del indio Cacharí, cuando fui arrancado de mis meditaciones por Carbón, que se abalanzó ladrando en dirección a la casa. Al rato vi llegar un automóvil. Bajó un hombre, después otro. Entraron en la casa. Volvieron con la casera y el nieto. Trataban de sacar del automóvil un bulto muy pesado. Me puse de pie, para ver mejor. Comprendí que no se trataba de una bolsa ni de un cajón: los hombres respetuosamente sacaron del automóvil una persona muerta.

Con la sensación de irrealidad que uno siente después de pasar una noche en vela, seguí a la casera por los corredores. Armando Heredia me mandaba llamar. Por primera vez entré en su cuarto. Aterrado, me detuve en la puerta. Armando estaba acostado, tenía un pañuelo sobre la frente. Vagamente vi una palangana sobre una silla, junto a su cama. Con una voz débil le oí balbucear.

—Me dijeron que estaba por irse. Tal vez me excedí, tal vez me equivoqué. Soy violento.

—¿Está mejor? —le pregunté, interrumpiendo nerviosamente su frase—. ¿Qué sucedió?

—Iba al pueblo. En vez de rodear los potreros del fondo, como suelo hacerlo en los días de lluvia, tomé el camino. El barro estaba resbaladizo como un piso de baldosas jabonado. Súbitamente mi caballo patinó, se espantó y rodó en la zanja, cerca de la alcantarilla del camino. No sentí nada. Unos vecinos que pasaron en automóvil me recogieron y me trajeron desmayado.

—¿Se hirió?

—Un poco, en la cabeza, en la cintura, en el brazo izquierdo —dijo, tratando de incorporarse en la cama.

Se arremangó y vi que tenía en el brazo izquierdo una herida bastante profunda.

—No comprendo con qué me hice esta herida —musitó perplejo. Agregó—: Alguna piedra o los bordes de la alcantarilla.

Heredia necesitaba paliativos para sus dolores y desinfectantes para su herida. Resolví ir a buscarlos al pueblo. Bajé del caballo, lo até a un poste y entré en la farmacia. Aprovechaba ese pretexto para visitar Cacharí y para alejarme un rato de la estancia. Después de comprar los medicamentos, vagué por el pueblo. Nubes incesantes de polvo se levantaban; un polvo fino como la arena giraba en remolinos. Caminé por la avenida principal que tiene en el centro una hilera de fénix. Entré en el almacén y compré un mate de porcelana, con la inscripción *Amistad*, y un atado de cigarrillos.

Reclinada en el mostrador, en una actitud de dulce indiferencia, estaba la muchacha con quien había viajado hacía unos días. Esperaba frente a una botella, con los ojos fijos en mí. Apoyé un brazo en el mostrador y la miré con adoración. Le dije en voz baja:

—¿Esperando?

Sin darse por aludida y sin dejar de mirarme, cambió de postura, tomó un paquete y la botella llena de vinagre, que le entregó el almacenero, y salió cerrando la puerta apresuradamente. Permanecí un instante inmóvil. Defraudado, salí del almacén, busqué a la muchacha. Había desaparecido en el sol y en el silencio. Por las sombras cuadradas de las casas caminé al encuentro de mi caballo, lo monté y regresé con una sola esperanza: la esperanza de verla.

Los gritos de los troperos que pasaban arreando el ganado se elevaban, se perdían entre un tumulto de mugidos. Armando Heredia ya podía sentarse en la cama: la hinchazón del brazo había disminuido. Reanudamos la amistad. Un día que hablábamos y nos reíamos de nuestra disputa como de algo que había ocurrido entre otras personas, por primera vez me detuve a examinar la habitación; algunos cortinados, algunos muebles la oscurecían; las ventanas, caprichosamente colocadas, y una puerta con vidrios, la iluminaban; todos sus ángulos estaban en falsa escuadra; era exageradamente alargada; sus paredes blanqueadas revelaban en partes colores oscuros y sucios. La cama era de fierro y tenía en la cabecera un pequeño paisaje ovalado, que representaba un barco con las velas desplegadas y un cielo celeste, con nubes. Las sillas estaban vencidas por el uso. El armario, una ruina altísima y desolada, tenía el espejo roto. La mesa de luz era gris; le faltaba un cajón (por el hueco asomaban unos libros, un tubo de aspirina, un lápiz verde y un cortaplumas). Un almanaque del año 1930 colgaba de un clavo en la pared de la derecha y pegado a la pared contigua, junto a la puerta, había una reproducción de un cuadro que debía de ser de Delacroix. Me acerqué al cuadro: en el profuso verdor de un paisaje del trópico un tigre se abalanzaba sobre un jaguar.

—Yo he visto una pelea como ésta —dije en voz alta.

Heredia no ocultó su incredulidad. Inmediatamente quiso saber en qué circunstancias y dónde la había visto. No pude contradecirme. Le di una explicación insatisfactoria, pero sentí que después de haberme oído Heredia me estimaba más que antes.

Mi conciencia me torturaba. Si no era por mentir ni por satisfacer mi vanidad, ¿por qué había dicho esa frase? Si confesaba a Heredia que al mirar la reproducción del cuadro tuve la certeza de haber asistido alguna vez a la pelea de un tigre con un jaguar y que luego al indagar en mi memoria y al tratar penosamente de contarla había comprendido que ese recuerdo no existía; que en el transcurso de mi vida, en ningún momento, ni siquiera en el Jardín Zoológico, ni siquiera en la infancia, entre mis animales de juguete, pude asistir a un espectáculo semejante, ¿qué pensaría de mí?

Así reflexionaba mientras veía desde el corredor las evoluciones de Eladio Esquivel, que subía con la roldana un balde con botellas del fondo del pozo donde se mantenían casi heladas. Me acerqué a pedirle agua; tomé unos tragos de una botella. Al mirar de nuevo la risueña cara del muchacho, se agolparon en mi memoria imágenes confusas. ¿Por qué todo me recordaba otra cosa? Claudia o María (la muchacha que había visto en el tren), el mismo Armando Heredia, la repugnante canasta de porcelana con el cupido y la guirnalda, la cama de Armando Heredia, Eladio Esquivel, la reproducción del cuadro... Recordé unos versos que había leído en una antología inglesa:

I have been here before,
But when or how I cannot tell.

Yo también tenía la impresión de haber visto antes todo esto, pero sin el éxtasis de amor, que era lo único que la hubiera justificado.

Pensé en la transmigración de las almas. Recordé algunas frases relacionadas con el dogma de la filosofía india: «El alma está en el cuerpo como el pájaro en la jaula». «El cuerpo hace largos viajes y cuando se enferma, el alma, que lo lleva, le consigue remedios, pero cuando perece lo abandona, como al casco de un barco, para buscar otro y gobernarlo como al anterior.»

Estudié de nuevo la cara de Eladio: vi sobre su cabeza un turbante ceñido y oscuro como la flor aterciopelada que mi madre había llamado, en un jardín de Olivos, cresta de gallo.

Pregunté a Esquivel:

—¿Usted no recuerda haberme visto antes que yo viniera a esta estancia?

Mirándome con sus enormes ojos, respondió:

—Tengo mala memoria.

—Yo también tengo mala memoria para reconocer las caras, pero no se trata de eso. ¿No le parece que me ha conocido antes? ¿No hay algo en mí que usted reconoce?

Con mirada curiosa recorrió mi cara, miró mi pelo, mi frente, como si recordara algo. Sacudió la cabeza y dijo sin convicción:

—Creo que no.

Le respondí:

—Yo lo vi en la India, hace más de un siglo. Se quitaba el humilde turbante para bañarse de noche en las aguas del río. Después robó piezas de seda en una tienda y al morir se reencarnó en un ave. —Recité en alta voz estas palabras—: «El alma no puede morir: sale de su primera morada para vivir en otra. Yo lo recuerdo, estaba en el sitio de Troya, me llamaba Euforbo, hijo de Panto, y el más joven de los atridas atravesó mi pecho con su lanza. Asimismo, antaño, en Argos, reconocí mi escudo en los muros del templo de Juno. Todo cambia; nada perece». Como Pitágoras, yo también creo en la transmigración de las almas. —Eladio Esquivel me escuchaba absorto—. A los doce años yo sabía de memoria, y en griego, el apólogo de Her, hijo de Armonio, que vio el alma de Orfeo transformarse en cisne, la de Tamiro, en ruiseñor, la de Áyax, en león, la de Agamenón, en águila.

Las nubes sonrosadas tenían fastidiosas formas de ángeles y de altares. Tendidos sobre la hierba, los jirones de neblina se disipaban. En la turbia luz del monte, lento, ciego, apareció Apolo, el caballo con la estrella en la frente. Era la primera vez que yo veía un animal ciego. Preparé esta frase para decírsela a Heredia: «Una persona, capaz de hablar, de comprender, de razonar, aunque haya nacido ciega, a través de las palabras puede conocer el mundo de las formas, de los colores, del pensamiento; pero un animal ciego ¿en qué secretos laberintos vagará, preso de sus movimientos, como un autómata? ¿Qué manos, qué voz piadosa le enseñarán el mundo?». Dije:

—Los animales son los sueños de la naturaleza.

Apolo se acercaba lentamente, se detuvo ante nosotros. Una luz azulada y turbia, de ópalo, iluminaba sus ojos muertos. Parecía una imperfecta estatua de piedra o de yeso manchado. Todo ese mundo visual, que espanta a los caballos, había desaparecido de su vida junto con la dicha. Sentí que en mi cara transparente se traslucía el horror: recordé las palabras oídas en el tren: «... cegó un caballo porque no le obedecía. Lo ató a un poste, lo maniató y le quemó los ojos con cigarrillos turcos».

Entre nosotros se entabló el siguiente diálogo:

—Pobre animal, ¿por qué no lo matan?

—Todavía sirve para el arado.

—¿Lo hacen trabajar? Ha de sufrir mucho.

—¿Cómo lo sabe?

—Apenas se mueve. Lo he visto vagar lentamente, ¡con tanta indiferencia!

—La indiferencia no es sufrimiento.

—Es el peor.

—Tal vez. Pero Apolo no es del todo indiferente. Usted verá.

Heredia encendió un fósforo y lo acercó a los belfos del caballo. Éste se estremeció, irguió el pescuezo, se levantó en las patas traseras y se abalanzó entre los árboles con el esplendor de una figura mitológica.

—¿Qué le pasa? —pregunté con voz trémula.

—Quedó ciego en un incendio. Estaba atado y no pudo huir. El calor del fuego lo enloquece. Con Eladio nos divertimos: encendemos una fogata en el corral, lo encerramos y lo montamos por turno para ver a quién voltea antes.

Heredia prometió que al día siguiente nos divertiríamos con Apolo. Acepté asqueado. Pensaba, mientras sonreía hipócritamente: cada amigo nos revela, tarde o temprano, la existencia, en nosotros, de un defecto inesperado. Heredia me revelaba mi cobardía; o más bien, el miedo que yo tenía de parecer cobarde.

A lo lejos, entre los árboles, Apolo había recuperado su indiferencia melancólica.

Conversábamos con Heredia a la sombra de un fénix.

—El 28 de febrero llegará el amigo de mi padre —me decía; después, apoyándose en el tronco, miró el follaje y prosiguió—: Asocio las palmas al mar. En el cielo en que se despliega el follaje de una palmera imagino siempre la franja azul del agua. Asocio las palmas al mar, como la llegada del amigo de mi padre a un crimen: al crimen que yo he de cometer.

—¿Cuál es el nombre de su víctima?

Heredia pronunció un nombre que no entendí.

Eran aproximadamente las seis de la tarde. Montamos a caballo. A la salida del monte los pájaros volaban, lanzando gritos ensordecedores. Íbamos al pueblo, a buscar la correspondencia. Tomamos el camino más corto, por los potreros del fondo de la estancia. Al divisar un sulky, después de pasar tres o cuatro tranqueras y antes de llegar a la última, Heredia se detuvo. Musitó:

—Andemos al paso. No quisiera encontrarme con esas personas.

A unos metros, en un monte enmarañado, había una tapera con dos enormes higueras.

—¿Por qué no nos bajamos un rato? Me parece que hay higos —le dije con júbilo.

—En la tapera de la mecedora —me contestó Heredia— nunca hay higos maduros.

Nos dirigimos al sitio y sin bajarnos de los caballos entramos en el monte, en la tapera cuyas paredes estaban rotas. Nos acercamos a una higuera y arrancamos uno o dos higos, todavía verdes, y los tiramos.

—Aquí vivía Juan Otondo. Comía huesos. Una noche desapareció. Robaron todo lo que había en el rancho, salvo esta mecedora —me enseñó los restos de una mecedora, con la esterilla agujereada y unos barrotes quebrados. Luego agregó—: La gente de aquí le teme porque se mueve sola.

Abismado, miré un rato aquel mueble ruinoso que al menor soplo de viento se mecía levemente.

—¿Le da miedo?

—En alguna parte he visto esta mecedora.

En aquel instante, al oír mis propias palabras, sentí el terror de lo sobrenatural.

—¡Volverá a hablar de sus teorías sobre la reencarnación! Pobre Eladio, apenas recuerda lo que hizo ayer y usted quiere que recuerde sus vidas anteriores —exclamó Heredia arrancando un higo y tirándolo contra la mecedora. Ésta se movió de nuevo.

—Lo que pienso parece una locura, pero, al ver esta mecedora, al rememorarla, he comprendido muchas cosas...

—¿Terminó con sus divagaciones? —me gritó Heredia e, invitándome a seguir, dio un rebencazo a mi caballo.

Porque pensaba no podía dormir. Pensaba con claridad y esa claridad era más turbia que la oscuridad de mis pensamientos anteriores. Me explicaba todo, pero ante la nueva revelación, sentía un nuevo malestar. Ahora lo sabía: esa misteriosa colección de objetos y de personas, que me recordaban otros y que me habían dado la inquietante impresión de que todo en mi existencia estaba hecho de recuerdos anteriores a mi vida o de confusiones y de olvidos... Toda esa colección de objetos y de personas, había poblado mis sueños. Yo siempre había soñado con personas y objetos desconocidos. Por eso los sueños habían desaparecido de mi memoria. Por eso, y debido al asombro que me había causado descubrir ese mundo, ahora los recordaba con extraordinaria precisión.

Torturado por las infinitas proporciones de mis sueños pasados, penetré en los dédalos del recuerdo. Ahora me explicaba todo. La canasta de porcelana, que creía haber visto en la casa de un amigo; Eladio Esquivel, que me recordaba un retrato de mi padre; la pelea entre un jaguar y un tigre, que existía en mis recuerdos, como algo real, eran meros subterfugios que yo había buscado para explicarme esa obsesión de las similitudes, para disculpar mi falta de memoria y, tal vez inconscientemente, para evitar una explicación sobrenatural. Lo que nunca hubiera sospechado es que las desconocidas imágenes de mis sueños iban a aparecer un día en la realidad y que en la asquerosa forma de esa mecedora se iniciaría la aclaración inexplicable de un misterio. Yo que siempre me jacté del perfecto equilibrio de mi sistema nervioso, me sentía perturbado. Recordé, trémulo de odio, la despectiva actitud de Heredia, la frase que pronunció: «¿Terminó con sus divagaciones?» en el momento en que intenté explicarle estas cosas. El dolor que puede ocasionar el odio, aunque sea fugaz, cuando va aparejado al más sincero de los afectos, parece inextinguible.

No podía dormir. Serían aproximadamente las cinco de la mañana. Oía la respiración del perro que estaba echado junto a mi puerta. Me vestí. Abrí la persiana. Los primeros albores de la mañana se iniciaban en el horizonte. Se oía el tímido canto de un pájaro. Una luz blanquecina se infiltraba entre los follajes y caía sobre las hierbas húmedas. Me encaminé al monte, donde la noche, con mayor lentitud, moría. Tomé el sendero desde donde se divisaba mejor el horizonte. Llegué a la tranquera. Allí esperé, como si necesitara de esa entrada para llegar a la estancia, la salida del sol. Con minuciosa lentitud se difundieron las claridades primeras en un cielo todavía estrellado. ¡Qué repugnante me parecía el alba! Unas nubes sucias, con tintes apenas rosados, flotaban sobre un horizonte amarillo; la parte azul y celeste de la noche bajaba sobre la franja amarilla del futuro día, formando una franja intermediaria, verdosa. Con intermitencias prorrumpía el canto de los pájaros. La luz surgía de la tierra en ondas espesas, cuando comenzó a aparecer, fragmentariamente, el sol; tardó en descubrirse del todo. Aspiré la fragancia áspera de las hierbas. El perro, Carbón, corría a algún reptil, se detenía, removía las hierbas con el hocico, resoplaba. Volvimos a la casa. En las baldosas del corredor oí unos pasos. Heredia apareció entre las últimas columnas.

Entramos en el derruido galpón a buscar unas herramientas para componer la tabla del asiento del sulky, que estaba rota. Sobre una bolsa enorme dormía un gato negro. Heredia estaba demacrado. Febrilmente buscó el martillo, algunos clavos y las tenazas. Admiré su rapidez, su habilidad.

—Hay que terminar en seguida —dijo, mientras golpeaba los últimos clavos.

—¿Qué pasa?

—Tengo que ir a la feria. Me han encargado la compra de unos novillos.

—¿No puedo acompañarlo?

—No cabemos en el sulky. Irá conmigo un vecino.

Eran las dos de la tarde. Sobre el techo de zinc del galpón, el sol ardía. Heredia subió al sulky y castigó al caballo con el látigo; en una nube de polvo desaparecieron.

Volví a la casa, elegí en mi cuarto algunos libros de estudio (los menos aburridos). Busqué un lugar agradable y sombreado entre los árboles y me acosté sobre la tierra, a leer. Caían del follaje algunas plumitas, algunas semillas, algunas hojas livianas, algunos insectos. Alcancé a leer tres capítulos del libro de Historia, pero los tábanos y los mosquitos empezaron a perseguirme. A medida que los mataba se multiplicaban. Me senté, me arrodillé y finalmente me puse de pie resuelto a concluir la batalla. Entonces apareció una enorme abeja y se posó en el tronco de un eucalipto. Me saqué una alpargata, para aplastarla. Se trataba de una abeja inmortal, ningún golpe la hería. Después de recibir tres golpes voló alrededor de mí, se introdujo entre los pliegues del pañuelo que yo llevaba atado al cuello y quedó zumbando violentamente. Aterrado desaté y arrojé el pañuelo. La abeja permaneció inmóvil y triunfante, sobre una franja azul. Al cortar una rama del árbol, para ahuyentar la abeja, vi un nombre grabado en el tronco: María Gismondi. Cuando volví a mirar el suelo, la abeja no estaba sobre el pañuelo, sino sobre mi pie. Prudentemente esperé que la abeja volara. Pero mi pesadilla no había terminado: mi pie derecho se hundía en un hormiguero oculto entre las hojas. Las hormigas ya subían por mi pierna.

Una noche templada, de luna y de luciérnagas, acogía mi soledad. Acababa de comer y salí a caminar con los perros. Pasé frente al árbol donde estaba grabado el nombre de María Gismondi y me pregunté con inquietud quién lo habría escrito. Pensé en el cortaplumas de Heredia. Pensé en Claudia, la muchacha que había visto el día de mi llegada y unos días después en el almacén de Cacharí. El día que la vi en el tren ¿no llevaba un prendedor con el nombre de María dibujado con piedritas? Su nombre ¿no era María Gismondi? ¿También Heredia estaba enamorado de ella? ¿Por qué no me lo decía?

Recorrí con lentitud los caminos de casuarinas; y en mi pensamiento se identificaba la muchacha que había viajado conmigo en el tren con María Gismondi.

En letras lilas, como de amatistas, vi el nombre escrito entre los árboles: María Gismondi. ¿Era ella la muchacha que había visto en un sueño? Ahora lo recordaba. ¿Era ella? La había amado porque siempre hay que amar a alguien. La había amado sin recordarla. Me daba cuenta de que la nostalgia que sentía ante cualquier mujer se la debía a ella. En otros ojos había buscado sus ojos, en otros labios, sus labios, en otros brazos, sus brazos.

Recordaba un sueño: En invierno, en una austera habitación, con penumbras de iglesia, yo esperaba algo, sin saber qué, sentado en un banco (un duro banco de estación). Un cielo pardo se infiltraba por los altos vidrios de los ventanales, llenando el cuarto de brumas. Mi corazón resplandecía de esperanzas. Esperaba a alguien. Me puse de pie ansiosamente, miré a través de los vidrios más bajos. En mi sueño sentía que dependían de mí el rostro y el cuerpo de la mujer que venía a mi encuentro. No esperé mucho, pero hubiera esperado toda mi vida. Oí sus pasos sobre las piedras del piso. Con la austeridad de todo lo que es hermoso, la mujer apareció, inmóvil, en el marco de una puerta. Consciente de sus imperfecciones, la adoré, porque en sus ojos brillaba una luz que me era favorable.

—¿Espera a alguien? —le dije en voz baja.

—No.

—¿Está sola?

—Sí.

—Sospeché que alguien la esperaría afuera. Quisiera conversar con usted.

—Aquí, no puedo.

—¿Dónde?

—No sé.

—Escúcheme. Debemos conversar en serio.

—¿De qué otro modo se puede conversar?

—Con usted, de ningún otro modo. Con el brazo mío alrededor de su cintura. Quiero sentir el latido de su corazón en cada una de sus palabras.

—¿De qué lado está el corazón?

—Del izquierdo.

—¿Todo el mundo lo tiene del lado izquierdo?

—Todas las personas normales. Pero no me haga sufrir. ¡Para qué pregunta esas cosas!

—A veces quiero poner una mano sobre el corazón y no sé de qué lado ponerla.

—¿Cuándo quiere poner su mano sobre el corazón?

—Cuando algo me impresiona mucho o cuando me encuentro enferma y mi padre no quiere creerme.

—¿Por qué no quiere creerle? ¿Usted le miente?

—Sí.

—¿Por qué le miente?

—Cuando le digo la verdad se enoja.

—¿Qué verdad?

—No sé. Nunca se la he dicho.

—¿Cómo sabe que su padre se enoja cuando le dice la verdad si nunca se la ha dicho?

—Porque a veces la sospecha y entonces quiero morirme.

—¿Qué es lo que sospecha?

—Que no digo la verdad.

—¿Qué verdad? Quiero saberlo.

—No lo sé.

Me acercaba al rostro de la muchacha. Me parecía que un vínculo nos unía. No podía soportar que su vida tuviera secretos para mí. Con la conciencia de perderla en ese acto, desesperadamente la besé en los labios. Cuando abrí los ojos vi las flores de una falda. No besaba sus labios, besaba un género áspero. La muchacha había desaparecido.

—Pero sus labios no se parecen a estas flores. Sus labios se parecen a las flores verdaderas —dije, sollozando.

Las hojas de la enredadera, que habitualmente se agitaban como pájaros, estaban inmóviles en la ventana. Hacía calor, y por la puerta y las ventanas abiertas no entraba aire en mi cuarto. Resolví dormir fuera de la casa. Recogí el poncho de mi cama, tomé de la mesa un atado de cigarrillos y una caja de fósforos. Cerca de la casa, entre las ramas de un viejo laurel, donde se había formado una bóveda fresca y oscura, como un segundo cielo, encontré un lugar agradable para dormir. En los espacios dibujados entre las hojas, brillaban las estrellas. Heredia pasaba en ese instante y se detuvo para ver lo que yo hacía. Le dije que iba a dormir afuera y me contestó que pensaba imitarme. Entró en la casa y volvió con una almohada, una botella con agua, un vaso, un atado de cigarrillos y una linterna. Extendí el poncho sobre el pasto, Heredia colocó la almohada junto al tronco del laurel y nos dispusimos a dormir. Pero el sueño no es obediente. Empezamos a conversar y a fumar. De vez en cuando quedábamos callados. A través del follaje mirábamos la profundidad del cielo y oíamos el aleteo de un pájaro.

Heredia me hablaba; no recuerdo exactamente sus palabras, pero en cada una de ellas sentí que iba a revelarme un secreto: el secreto que yo esperaba. A medida que me hablaba, el sueño me vencía. Recuerdo la última frase que oí, antes de quedar dormido; era sin duda el preámbulo de una confidencia: «Pero ¿me jura no decírselo a nadie?». Cuando desperté no sabía dónde estaba. Era pleno día. En cuanto recordé la realidad, busqué a Heredia. Busqué su almohada y su linterna: no estaban. Me levanté. No sabía qué hora era; ningún pájaro cantaba; me parecía que todo lo que había visto, el lugar, la gente, los animales, no eran reales. Vagué por la estancia, con la sensación de ser un fantasma que vive entre fantasmas.

Pensaba que no debía verla, por lealtad, por prudencia, por delicadeza. Sin embargo, resolví ir a Cacharí. Era esa hora final de la tarde en que las muchachas pasean, tomadas del brazo, por el andén de la estación. Había gente, animales, jaulas, esperando el tren. Recorrí el andén dos o tres veces, me detuve en la sala de espera, estudié el itinerario y, finalmente, me senté sobre unos cajones a fumar un cigarrillo.

Pasaron dos muchachas, con las uñas pintadas; pasaron cuatro muchachas bajitas, con el pelo muy negro. Pasó María Gismondi, sola; una leve sonrisa iluminaba sus labios. Me aproximé.

—Tengo que hacerle una pregunta, señorita; perdóneme.

Mirando para otro lado, me contestó:

—Hágala.

—¿Usted no se enojará conmigo?

Me miró fijamente sin contestarme; yo proseguí:

—Usted tiene dos nombres ¿verdad?

—No. Tengo tres nombres: uno es el sobrenombre, que fue inventado por una de mis amigas; otro es el nombre que me puso mi abuela y que nadie sabe pronunciar; otro es el verdadero y el que más me agrada. ¿Cuál prefiere?

—El verdadero.

—Es el nombre de mi madrina. Es curandera, todo el mundo la visita; sana a los enfermos. ¿Usted no está enfermo?

—Todavía no.

—Aquí hay muchos enfermos de reumatismo. Me llamaron una vez para cuidar a uno; pero, ahí llega el tren.

Estrepitosamente, el tren llegó a la estación. La muchacha recorrió los vagones buscando algo. Yo la seguía de lejos. Un guarda la saludó y le entregó un paquete grande, de forma triangular. El paquete, sin duda, pesaba mucho, pues la muchacha lo depositó dos veces en el suelo. Me acerqué y le dije casi al oído:

—¿Quiere que se lo lleve?

Aceptó sonriendo.

—Es una máquina de coser. Pesa bastante.

Levanté el paquete. Estaba hecho con cartones, maderas, papeles de diario.

—Tengo que llevarlo en el sulky. Mi hermana me espera enfrente.

Salimos de la estación. Era ya de noche. El sulky no estaba.

—Se escapó el caballo con el sulky —exclamó casi llorando—. ¿Qué haremos?

La noche se extendía oscura como un precipicio, pero a través de las nubes, de vez en cuando, brillaba la luna.

—Dejaremos aquí la máquina de coser —le dije, mientras escondía el paquete debajo de un arbusto y me disponía a buscar el sulky y el caballo. En los primeros instantes no se veía nada.

—Tengo miedo —decía la muchacha. La ternura trémula de su voz parecía amarme.

Me acerqué a ella y le tomé la mano.

—No tenga miedo.

Me acerqué más; enlacé con mi brazo su cintura, pero su cuerpo parecía inasible, como la noche. Hay momentos que la dicha vuelve casi eternos: me pareció que enlazados el tiempo no concluiría. La luna iluminó bruscamente nuestras sombras y, a unos pocos metros, el sulky.

—No había motivo para afligirse tanto —le dije, intimidado por su seriedad.

—No me afligí por eso.

—¿Por qué se afligió, entonces?

—Estoy triste.

—¿Por qué está triste?

—No lo sé. Cada vez que pasa el tren me pongo triste. Lo siento aquí —dijo tomando una de mis manos y llevándosela al pecho—. ¿Siente los latidos? A veces creo que se me va a romper el corazón cuando oigo la trepidación de las locomotoras.

—Pero ¿siempre le ha ocurrido eso?

—Siempre. Mi madrina, que es curandera, trata de curarme.

—¿Volveré a verla?

—En la casa donde vivo.

—¿Dónde queda su casa?

—Detrás de la panadería: allá —me mostró el horizonte—. Tiene un jardín con una diosma y una aljaba.

Después de ayudar a la muchacha a subir al sulky, coloqué el paquete. Oí el chasquido del látigo y luego, como una enorme sábana, el silencio cubrió todas las imágenes.

Estábamos ensillando los caballos. Pregunté a Heredia:

—¿Hay una curandera en el pueblo?

—Creo que sí.

—Quisiera consultarla.

—¿Qué le pasa?

—Tengo dolores de cabeza.

—¿Y cree en las curanderas?

—¿Por qué no?

—Vamos. Lo acompaño hasta allí.

No había esperado que me acompañara. Era una oportunidad para descubrir si María Gismondi era la misma muchacha que yo conocía.

En Cacharí, después de averiguar dónde vivía la curandera, nos aproximamos a la casa rodeada de álamos que nos habían indicado. Después de atar los caballos a un poste, golpeamos a la puerta. Tuvimos que esperar un largo rato. Después apareció una mujer con cara de india. Me incliné ante ella mientras Armando le preguntaba solemnemente:

—Señora, ¿es usted la curandera?

—Sí, señores; yo soy la curandera. ¿Quieren pasar?

Entramos a un cuarto húmedo, con un armario muy alto, un catre con una colcha bordada y una silla.

—¿Quién es el enfermo?

—Soy yo —le contesté, mirando para todos lados con curiosidad.

—Siéntese —me dijo—. ¿Qué le duele?

—La cabeza.

—¿Dónde?

—Aquí. —Le mostré sobre mi frente la parte dolorida.

—Ha llegado un poco tarde —me contestó, abriendo la puerta y mirando el cielo—; tendrá que volver otro día a las cuatro de la tarde, cuando la sombra de su cuerpo mida un metro de largo.

Alguien silbaba a lo lejos en el campo. Luces violetas y rosadas caían como flores de los árboles. Me acerqué al brocal; miré el fondo del agua que me reflejaba; la imagen que vi era extraña. Sentí miedo: ese miedo que sienten los niños o los perros ante un espejo.

Estábamos en la orilla de un río que yo visitaba por primera vez. Habíamos andado cinco leguas a caballo. Era un lugar muy fresco entre los juncos. Los álamos proyectaban sombras ligeras sobre el agua. Desensillamos y nos recostamos a descansar.

Heredia me habló de sus recuerdos de viaje, de los estudios que había cursado en París, de su infancia en las playas del Mediterráneo, de su llegada a Buenos Aires. Me hablaba de su primera visita a «Los Cisnes», de cómo el campo desde el primer instante había conquistado su corazón. Yo lo escuchaba sintiendo su falta de sinceridad. ¿Por qué profesaba ese amor por la naturaleza, si lo único que lo atraía era una mujer?

Al preguntarle si la compra de los novillos había sido satisfactoria, aproveché para decirle que había visto grabado en el tronco de un árbol de la estancia el nombre de María Gismondi. Como si no hubiera oído mi frase, me relató una serie de fracasos que no me interesaban. Insistí:

—¡Quién habrá grabado el nombre de esa persona que yo quisiera conocer!

Me preguntó, fingiendo una gran despreocupación, por qué quería conocerla.

—He visto un retrato de ella.

—¿Dónde encontró ese retrato? —preguntó Heredia bruscamente, poniéndose de pie.

Vacilando, respondí:

—No lo sé.

Recordé la escena absurda, frente a la reproducción del cuadro con la pelea del tigre y del jaguar; ahora la situación era más difícil pues no se me ocurría ninguna explicación para esta mentira que indignaba tanto a Heredia.

—¿Ha estado curioseando en los cajones?

—No he curioseado en ninguna parte —le contesté, furioso—. En un sueño aburridísimo vi el retrato de María Gismondi. Le pido disculpas por el atrevimiento.

—¿Qué puede importarme que haya visto el retrato de María Gismondi? Me importa que ande curioseando por los cuartos.

—Le he dicho ya que no he curioseado en ninguna parte, que lo vi en sueños —grité con vehemencia.

Heredia sacudía el rebenque sobre las hierbas.

—No es para tanto —musitó distraídamente—. ¡Qué susceptibilidad!

—Es la segunda vez que me trata de espía.

Procuré explicarle de nuevo toda la cuestión de los sueños. Hice la lista de objetos y personas que después de conocer en sueños había encontrado en la realidad; los describí minuciosamente. Le conté algunos sueños, sin éxito; eran vagos, monótonos y no tenían virtudes fantásticas. Eran sueños a base de reflexiones muy largas: para mí sólo tenían realidad. Si le hubiera contado una pesadilla, tal vez la veracidad de mis relatos se habría revelado con suntuosa precisión. Pero acudieron a mi memoria los detalles más grises, más borrosos, más idénticos a la vida. ¿Qué significaban para Heredia el florero de porcelana, la mecedora, la cara de Esquivel? ¿Cómo podía con estas cosas testimoniar la veracidad de mi aserto, si él nunca se había fijado en ellas y era incapaz de reconocerlas?

Heredia comprobó que yo no había curioseado en la casa. A la caída de la noche ya estábamos reconciliados. Alumbrándonos con un farol, subimos por una estrecha escalera verde. Entramos en el altillo a buscar un rebenque. Entre maderas rotas, cajones polvorientos y chillidos de murciélagos, penetramos en la oscuridad de ese desorden antiguo. Heredia quería mostrarme un cofre y un baúl donde estaban guardados los recuerdos de la familia. Quería mostrarme, con cierta malignidad, esa desagradable mansión de los murciélagos. Después de colgar el farol en un clavo nos dispusimos a abrir el cofre de madera que estaba recubierto de incrustaciones y molduras pintadas. Nos sentamos sobre unos cajones.

—Mi madre —me decía Heredia—, que es la única heredera, nunca tuvo ánimo para revisar estas cosas; aquel sentimentalismo se ha transformado ahora en indiferencia. Sospecho que ni siquiera sabe lo que hay en este altillo. Por rutina no quiere volver a la estancia.

—¡Pero estas cosas tienen valor! —le respondí con fingida gravedad, creyendo que Heredia, por razones sentimentales, reprobaba la conducta de su madre.

—No crea. Las que tenían valor ya las hice vender en Buenos Aires. El tintero encerrado en un cofre de cristal, con ribetes de oro, el abanico de encaje de marfil, los mates de plata, con iniciales, el marco de ébano, que encuadraba un ramo de flores hecho con el pelo sucio de mis antepasados, todas esas cosas ya las vendí. Los objetos más ridículos alegran a los anticuarios. Encontré una caja de madera, diminuta, con incrustaciones de nácar y un agujero que daba cabida a una llave. Quise ver lo que contenía. Durante unos días busqué la llave, que se había perdido. La encontré debajo de una de estas tablas que hay en el piso. Tardé, como un idiota, en advertir que esa llave no servía para abrir la caja. Era una caja de música. Al darle cuerda se levantaba la tapa y aparecía un pájaro apolillado, que no medía más de un centímetro. El pájaro cantaba y agitaba furiosamente sus alas verdes. Fue mi primer descubrimiento en este altillo. ¿Sabe usted en cuánto vendí ese juguete? En mil quinientos pesos. Ahora conozco el precio de las cosas.

—¿Habrá pasado muchos días aquí arriba?

—Muchos —me respondió—. Creía que nunca terminaría de examinar todo; retratos, cartas viejas, recibos de almacenes, basuras.

Heredia sacaba del cofre paquetes de retratos, mientras yo miraba con asombro aquel lugar lleno de telarañas, que había poblado gran parte de mis sueños. Oíamos el chillido de los murciélagos que atravesaban el altillo proyectando sombras enormes.

—¡Si estos retratos fueran objetos, me haría millonario!

Heredia me pasó algunos retratos para que los viera. Eran de todas las épocas. Ninguno me interesaba.

—Aquí está el rebenque —exclamó Heredia—. No vale nada, pero siempre será mejor que una rama de ligustro. Vamos.

Descolgó el farol y, al iluminar el techo del cuarto, vimos racimos de murciélagos inmóviles. Heredia me dio el farol.

—Llevaré uno de estos bichos a Eladio para que lo crucifique y lo haga fumar —me dijo, tomando con precaución un murciélago.

En ese instante una ráfaga de viento apagó la luz del farol. El terror me inmovilizó. Avanzar en las tinieblas, entre murciélagos y arañas, me parecía imposible.

—Acerquémonos a la escalera —dijo Heredia.

—No veo nada —respondí sin moverme.

—Yo soy como los gatos, veo en la oscuridad.

Se acercó a la puerta sin tropezar. Sentí que algo me rozaba una mejilla, algo frío, áspero y rápido.

—¡Un murciélago! —grité.

La risa de Heredia, cruel, desafinada, penetrante, me hirió como un insulto.

Oímos unas detonaciones en el fondo de la arboleda.

—Es Máximo Esquivel que tira al blanco —dijo Heredia—. Cuando cumplió treinta años, mi abuelo le regaló un revólver. Desde entonces tira al blanco todos los domingos.

—¿Quién es Máximo Esquivel?

—El padre de Eladio. No vive aquí. A cada rato viene a visitar a su hijo.

Nos acercamos al lugar de donde partían las detonaciones. Heredia gritó:

—¡Máximo, no tires!

Pidió el revólver. Apuntó a una paloma que estaba posada sobre una rama: hasta que emprendió vuelo no oprimió el gatillo. La paloma herida cayó al suelo y vino a morir a nuestros pies. Heredia me pasó el revólver. Apunté a un chimango y en el momento de tirar cerré los ojos; el chimango, con un grito estridente, revoloteó un largo rato. Hasta cerca de la estancia nos siguió.

Sobre la mesa del dormitorio de Heredia vi un retrato: pensé que era el de María Gismondi. Heredia se calzaba las botas. Yo lo esperaba para salir con él a caballo. En un momento en que se alejó de mi lado, miré el retrato. Sobre un fondo gris, el rostro, iluminado y velado por tenues sombras, parecía indicar una falta absoluta de carácter. Este defecto provenía tal vez de la postura tan poco natural que había adoptado la muchacha. Un solo detalle era expresivo en el conjunto de líneas y de sombras retocadas: la cabellera. Lacia como una lluvia o como un velo espeso, caía a cada lado del rostro, recortando el óvalo con tenues brillos. Sentí un profundo alivio: no estábamos enamorados de la misma mujer. Al pie de la fotografía, con una escritura inclinada y muy fina, en tinta verde, estaba grabado un nombre con una rúbrica ambiciosa. Cuando volvió Heredia, le pregunté:

—¿Por qué no quiere nunca hablarme de María Gismondi?

—No comprendo —me contestó.

—Ya que le interesa tanto ¿por qué no me habla de ella? —insistí.

—¿Quién dijo que me interesa tanto?

—Se me ha ocurrido.

—¿Por qué?

—Porque usted tiene su retrato; porque a cada instante la nombra.

—Es el retrato de mi hermana —dijo, mostrándomelo—. Vea. —Leí con asombro la firma: Carmen Heredia—. Pero ¿con qué derecho se atreve a preguntarme esas cosas?

—Con el de la amistad.

El diálogo, que parecía que iba a degenerar en una disputa, terminó con la alegre aparición de Eladio Esquivel. Los caballos estaban ensillados.

—María Gismondi vendrá esta tarde. Le prometí unas fotografías de su familia y una medalla que descubrí en un sobre con su nombre. Es una muchacha esquiva y desconfiada. Encontrarlo aquí le causaría mala impresión. La invité hoy porque los caseros se van al Azul con Eladio. Le pido que se encierre en su cuarto o que salga al campo, antes de las siete de la tarde, y que no vuelva hasta las nueve.

Con estas palabras Heredia me hizo la confidencia que yo había esperado durante tantos días.

Eran las siete menos cuarto. Hacía mucho calor. Resolví confinarme en mi cuarto. Me desnudé, me acosté en la cama y estudié alrededor de media hora. Tenía sueño y sed. Me levanté, miré por la ventana. No había nadie. Un silencio absoluto reinaba en los corredores de la casa. Se me ocurrió que, sin desobedecer las recomendaciones de Heredia, podría ir (no había riesgo de encontrar a nadie) hasta la despensa, a buscar algo para beber. Dos o tres naranjas exprimidas en un vaso, como me las preparaba mi madre, me quitarían la sed. Abrí cautelosamente la puerta. Con la impresión que tendrán los ladrones cuando van a cometer un robo, me deslicé por los corredores y entré en la despensa sin encontrar a nadie. Elegí las naranjas; eran duras como piedras. Con muchas dificultades encontré un cuchillo en el comedor; no cortaba. Volví a buscar otro y, en el momento de cruzar el pasillo de comunicación entre los dos cuartos, me pareció oír ruido. Silenciosamente me aproximé a una ventana interior, con vidrios rojos y azules; pero no podía ver: la ventana estaba en lo alto. Movido por la curiosidad, me encaramé a una silla. ¿Qué hubiera dicho Heredia si me encontraba en ese momento? ¿Qué hacía yo sino merecer la acusación que tanto me había ofendido? Aunque me costara la vida tenía que ver a María Gismondi. A través de los vidrios vi la desmantelada y lúgubre sala de la casa. Nunca entrábamos en ella porque era húmeda y porque estaba muy sucia. A pesar de su estado ruinoso mantenía alguna jerarquía: en los dibujos del cielo raso, en las guirnaldas de flores de los zócalos, en las proporciones de las ventanas se adivinaban los restos de un pretérito esplendor. Vi a Heredia solo, frente a la puerta, con los brazos apoyados sobre el respaldo de una silla. Me quedé un largo rato mirándolo, con la esperanza (que él también tendría) de ver entrar a María Gismondi; pero la luz declinaba hasta convertirse en noche en la puerta entreabierta.

María Gismondi no apareció. Consulté mi reloj pulsera. Marcaba las nueve. Podía ya salir de mi escondite, averiguar qué había sucedido.

Más tarde, durante la comida, al encontrarme frente a Heredia, el diálogo resultó inesperadamente difícil: ni yo me atrevía a preguntarle nada, ni él me dijo nada.

Trataba de estudiar, pero las letras del libro, rojas como el fuego, se movían ante mis ojos.

—Tiene una insolación —dijo Heredia.

Me aconsejó acostarme. Tomé aspirina. La casera me trajo una jarra de naranjada y, en un plato, unas tajadas de papa cruda, que puso sobre mi frente, porque aliviaban, según ella, las quemaduras de sol.

Tragué la naranjada, tibia y dulce, que Eladio me sirvió en una taza. Un viento ardiente, como el viento del desierto, entraba por la ventana. Pedí a Eladio que cerrara las persianas, los postigos, la puerta y que me dejara dormir, pero en el cuarto cerrado perduró una violenta luz. Comprendí que tenía fiebre. Tambaleando me levanté para buscar agua. Fui hasta el lavatorio. Caí desmayado sobre las baldosas. Eladio y la casera me recogieron, sin que yo lo sintiera, y me acostaron en la cama.

Un largo corredor apareció al final de mi sueño. El corredor del colegio, que conducía a un enorme teatro donde estaban reunidos los profesores que tomaban examen. Las preguntas que me hacían eran fáciles, pero no podía contestarlas, porque mi lengua se paralizaba. El público, en los palcos, empezó a silbar. Después, una vasta muchedumbre entró por las puertas, gritando: «Queremos ver al muerto». Empezaron a romper las sillas, las mesas y los libros en que yo estudiaba. Me vi en un espejo: grandes gotas de sudor caían de mi frente y bajaban por mis mejillas. Desperté con la almohada húmeda.

Jugábamos a las barajas en el patio. No podía pensar en el juego. Éstas eran mis reflexiones: podemos vivir muchos días con una persona, compartir sus comidas, pasear y conversar, llegar a una gran intimidad con ella y, sin embargo, no saber nada de esa persona: mi amistad con Heredia lo demostraba.

¿A qué jugábamos? Creo que a la brisca. Veía claramente cómo una pasión cometía su devastadora obra en el alma de un muchacho y lo obligaba a desdeñar y abandonar todas las otras cosas de la vida, a disimular y mentir. Por eso Heredia comía apresuradamente, fingía tener negocios con los vecinos y vendía sin escrúpulos los objetos que habían pertenecido a sus abuelos; por eso abandonaba sus estudios y se recluía en la soledad del campo, por eso me insultaba; por eso estaba descontento y despreciaba a su padre. ¡Todo me parecía comprensible!

Heredia estaba nervioso.

—Mañana a las seis —me dijo, y de nuevo me probó su confianza— tengo que encontrarme con María Gismondi en la tapera de la mecedora. Ella irá a caballo. A veces va a caballo a casa de sus primas, donde le enseñan a coser; para llegar allí tiene que cruzar el potrero de la tapera. Nos encontraremos como por casualidad, a la hora de la siesta. Dejaré mi caballo en el potrero y ella esconderá el suyo entre los árboles; hay muchos escondites en ese monte. Hemos previsto todo. Si la descubren, dirá que estaba juntando higos; si me descubren, cosa improbable, diré que la ayudaba a juntar higos.

—¡Qué lugar maravilloso para una cita de amor! —exclamé, con una voz absurda, como si lo adulara.

—No crea —contestó Heredia—. En cuanto uno quiere encontrarse con alguien, la soledad del campo no existe. Ni siquiera la noche ampara aquí a los enamorados. Ese vivo deseo que uno siente de estar a oscuras con una mujer en los primeros momentos del amor, la naturaleza nunca lo satisface. Hay que buscar las horas horribles de la siesta; lugares en ruina iluminados por soles despiadados. Si pudiera pedirle que vuelva a esta casa, como la otra tarde, sería tal vez mejor.

—¿La otra tarde?

—Sí, la otra tarde, cuando le entregué los retratos y la medalla.

Su contestación me sorprendió. ¿Entonces María Gismondi había ido a la estancia, había entrado en la casa y yo no la había visto? Mientras me hacía esta reflexión, dije:

—Me gustaría volver a esa tapera.

—Vamos —dijo Heredia—. Aprovecharé para encontrar un lugar donde pueda esconderme con María.

Dejé mi caballo atado a un poste, en el camino. Pasé entre los alambrados y llegué a la tapera. Pensar que en la visita de la víspera, me dije, yo había imaginado que sólo buscábamos un escondite para Heredia y para su novia. La empresa era arriesgada. Cavilé en todos los peligros que corría. ¿Si Heredia llegaba con los perros? Los perros seguramente me descubrirían. ¿Si María Gismondi tenía ese don de adivinación, propio de las mujeres? ¿Si bruscamente le decía a Heredia: «Hay alguien aquí. Yo siento que hay alguien»? ¿Si Heredia, para tranquilizarla, revisaba todos los rincones? ¿Si me descubría después de una larga expectativa y me mataba de un balazo? Pero recordé que Heredia no tenía revólver; no tenía armas; ¿con qué podía matarme? Con la terrible vergüenza que me haría sentir al cruzarme la cara de un rebencazo. Me acerqué a las higueras; arranqué dos higos y los comí.

En el techo desvencijado de la tapera había un hueco donde podía esconderme. La ascensión era difícil, pero el lugar, sin duda, era el más seguro. Con suma dificultad logré treparme, usando como peldaños las partes rotas de la pared; durante estas evoluciones se me cayó el pañuelo. Me disponía a bajar para recogerlo cuando oí el galope de un caballo. Me acosté sobre el techo.

Por una hendidura entre las pajas veía todo sin ser visto. Llegó Armando Heredia; bajó del caballo y lo soltó. ¿Había olvidado las precauciones que lo hicieron cavilar el día anterior? En la misma actitud ausente con la que se había apoyado sobre el respaldo de una silla en la sala de la estancia, se apoyaba ahora sobre un tronco. Espiar a una persona que está sola es incómodo. Tuve ganas de bajar y decirle en tono de broma: «Estaba espiándolo». Tratándose de otro amigo lo hubiera hecho; con Heredia todo gesto espontáneo me estaba vedado.

María Gismondi no llegaba. Un silencio pesado, terrible, se extendía. Ni los pájaros cantaban; sólo de vez en cuando se oía caer sobre la tierra las duras semillas de los eucaliptos. Heredia no se movía. Me asombraba su falta absoluta de inquietud. Esperar con esa tranquilidad a una mujer que no llega, es signo de una gran indiferencia. ¿O es que Heredia también fingía y disimulaba cuando estaba solo?

Un rayo de sol caía sobre el lugar donde yo estaba escondido; el sol violento de las tres de la tarde. Empecé a sentirlo. Traté de guarecerme la cabeza con las manos, con un montón de paja, con mis brazos, adoptando posturas inverosímiles. Sin duda hice ruido. Heredia levantó la cabeza y miró un instante en dirección al lugar donde yo estaba. Mi corazón latió violentamente; me pareció que en sus latidos ya vibraban, desmenuzándose, los muros de la tapera; me pareció que no era el viento, sino mi corazón, lo que movía la desvencijada y oscura mecedora. En ese instante la muerte me parecía un destino muy dulce. Pero el movimiento del sol y los follajes pusieron término a mi suplicio. La frescura de la sombra me reanimó.

¿Por qué seguía Heredia en la misma actitud? ¿Vi un imperceptible movimiento en sus labios, oí su voz? No podría asegurarlo.

El tiempo pasaba lentamente. Lentamente giraba el sol, mudando de lugares las sombras. Mi reloj marcó las seis de la tarde. A esa hora Heredia montó a caballo y se alejó al galope.

Sospeché que Heredia estaba loco: vi los primeros síntomas en su actitud, en sus mentiras. María Gismondi jamás acudía a las citas que él le daba.

—¿Por qué pierde su tiempo —me atreví a decirle— con una muchacha tan absurda? Es como si se hubiera enamorado de una imagen.

Me miró indignado. Estábamos comiendo; puso a un lado su plato, dio un puñetazo sobre la mesa y contestó:

—¿Quién le pide consejos?

—No es un consejo, es una reflexión.

—No me interesan sus reflexiones.

Se levantó y se fue del comedor.

Soñé con el revólver de Esquivel. Después, perplejo, vi que el revólver estaba en el cuarto de Heredia. Si no tiraba al blanco ¿para qué había traído ese revólver? ¿Para matarme o para matar al señor que llegaría a la estancia?

A la mañana entré en el almacén de Cacharí. Compré un atado de cigarrillos. El hombre que me atendía era bueno, lento, comunicativo. Hablamos del tiempo: de las probables lluvias, del calor.

—¿Podría decirme dónde vive María Gismondi? —le pregunté, con intención de pasar frente a su casa.

El hombre no contestó en seguida.

—¿María Gismondi? ¿Cómo? ¿No sabe? Murió hace tiempo; hace cuatro años, por lo menos.

Sentí terror al oír estas palabras; terror y, al mismo tiempo, alivio: María Gismondi no era la muchacha de quien yo estaba enamorado.

Persuadirme de la locura de Heredia me resultaba casi imposible. Las vicisitudes habían vuelto más preciosa nuestra amistad. ¿Qué debía hacer? Tratar de salvarlo. ¿Cómo? Escribir a su padre; tal vez un médico podría intervenir. Irme a la ciudad, abandonarlo en ese estado ¿no era una cobardía? Pensando estas cosas soñé que llevaba a Cacharí una carta que había escrito al señor Heredia, comunicándole el estado de su hijo. Yo mismo quería dejar la carta en el correo. Al bajar del caballo, frente al correo, encontré a Heredia. Me dijo bruscamente:

—¿Para quién es esa carta?

—Para mis padres.

Había tenido la precaución de dirigir el sobre a nombre de mi padre, con otro sobre adentro, para que fuera entregado al señor Heredia.

—Démela, yo la pondré en el correo; tengo estampillas.

Al entregársela, sentí la amenaza de lo irreparable.

—Esta carta lleva otro sobre adentro.

—¿Por qué?

—El peso, la forma, todo lo indica. Ábrala inmediatamente —me apuntaba con el revólver—. Lo mataré con más facilidad que una paloma.

Abrí el sobre, como él me lo mandaba, y le entregué la carta. A medida que leía, el odio oscurecía su semblante.

—No quiero ensuciar la entrada de esta casa. Vamos. No nos quedemos aquí.

Volvimos a la estancia. Heredia entró en su cuarto y yo en el mío. Casi en seguida salí con el propósito de huir, pero ¿cómo? ¿En qué? No había nadie. Busqué los caballos del sulky; no estaban en el corral. Corriendo, entré en el monte y tomé uno de los caminos, sin elegirlo. Mi propósito era encontrar un vehículo que me recogiera. Algo me molestaba al correr; me palpé la cintura; advertí que llevaba un cuchillo. Me había alejado bastante de la casa y empecé a caminar. Oí el galope de un caballo. Me arrojé al suelo, me escondí en el pastizal, con la esperanza de no ser visto. El galope se acercaba irremisiblemente. Decidí hacerme el muerto. Heredia se acercó; bajó del caballo. Oí que me tuteaba como a sus perros:

—Cobarde, aprenderás a hacerte el muerto.

Después oí la detonación de un tiro en el silencio. Desperté sobresaltado. Pero mi sueño continuaba frente al correo de Cacharí. En el centro de la calle había un perro muerto, lleno de moscas.

No podía tomar ninguna resolución; todas me parecían precipitadas, desacertadas. Temía plagiar mi sueño, inconscientemente. Por momentos resolvía el viaje a Buenos Aires y preparaba la valija, por momentos tomaba la pluma y el papel para escribir al señor Heredia. Cualquier actitud me repugnaba, ya que Armando Heredia, a pesar de su locura, no había dejado de ser mi amigo; uno de mis mejores amigos.

Estaba en mi cuarto, meditando sobre estas cosas, cuando entró Eladio con un papel en la mano. Abrí el papel cuidadosamente doblado. Leí estas palabras: *Me ausentaré por dos días. Armando.* ¿Qué debía hacer? ¿Aprovechar su ausencia para comunicarme con su padre? ¿Esperar su regreso?

Pensé: tal vez no está loco. Tal vez quiere engañarme. Tal vez su novia, para no comprometerse, al querer ocultarle cómo se llama, le dio casualmente el nombre de una muchacha muerta. Imaginé mi horrible carta anunciando la locura de Heredia; imaginé la aflicción de su padre, su llegada a la estancia, con un médico, quizá con una enfermera; mi vergüenza eterna frente al mundo si Heredia no estaba loco; mi pena si tenían que ponerle un chaleco de fuerza para hacer el viaje a Buenos Aires, con toda la gente mirando en la estación; la horrible prisión del manicomio. Me pareció que yo tenía la culpa de todo lo que sucedía; que para siempre pesaría en mi conciencia cualquier resolución que tomara.

A la hora del poniente llegó Heredia. Me traía de regalo un facón de plata. Se lo agradecí: era el objeto que yo más deseaba tener.

Labradas en la empuñadura había unas flores de oro y un laberinto de líneas con mis iniciales. Me sentí indigno del regalo. Saqué el facón de la vaina. Como si hubiera sentido el filo helado amenazar mi corazón, lo acaricié melancólicamente y dije:

—En Buenos Aires lo usaré para abrir las hojas de mis libros.

—¿Y aquí le servirá para matar a alguien? —preguntó Heredia.

—No lo creo —le contesté—. Matar no me seduce.

De nuevo coloqué el facón en la vaina, lo aseguré en mi cinturón y lo palpé con alegría. Había olvidado el horrible problema para el que tenía que buscar solución.

Encendimos una fogata en el patio. En la noche, iluminadas por el fuego, nuestras caras parecían máscaras. Aproveché el momento conciliador y romántico:

—Heredia, hace unos días que quiero decirle una cosa: la muchacha que a usted le interesa no se llama María Gismondi. María Gismondi murió hace cuatro años. Seguramente por timidez o por temor, a fin de no comprometerse, la muchacha adoptó para usted ese nombre.

Yo le hablaba mirando el fuego, como si a través de las llamas mis palabras pudieran purificar su sentido. Cuando alcé los ojos Heredia no estaba. ¿Me había oído? Acabamos por creernos locos cuando sospechamos la locura en otra persona. Llamé a Heredia. La puerta de su cuarto estaba cerrada. No me contestó. Vi un arco iris al final del corredor. Pensé: «¿Y si la aceptara, si me hiciera cómplice de su locura? ¿Podría entenderme de nuevo con él? ¿Tal vez salvarlo?». En el número de baldosas del corredor consulté lo que debía hacer. Escribir a Buenos Aires, irme, quedarme (aceptando la locura como algo normal); escribir, irme, quedarme; escribir, irme, quedarme; recorrí las baldosas; la última, que estaba rota, me aconsejó lo peor: esperar.

Recordé esta frase que había leído en un libro: «Lo verdadero es como Dios; no se muestra inmediatamente; hay que adivinarlo entre sus manifestaciones».

Intenté otra conversación con Heredia. La noche era propicia, silenciosa; fumábamos y las volutas de humo parecían suavizar mi inquietud.

—Me he preguntado muchas veces cómo se llamará una muchacha que venía de Buenos Aires en el mismo tren que yo. La señora que viajaba con ella la llamaba Claudia, pero tenía un prendedor con la palabra *María* escrita con falsos rubíes.

—Es un nombre muy común. ¿Qué hay con eso?

—Que el primer nombre que adopta una muchacha cuando no quiere dar el suyo, es María.

—¿Y entonces?

—Entonces pienso que esa muchacha que viajó conmigo en el tren y que se llamaba Claudia, hizo creer, a la persona que le regaló el prendedor, que se llamaba María.

Un brillo de locura iluminó los ojos de Heredia.

—¿Y yo soy la persona que regaló el prendedor a esa mujer?

—No quiero decir eso. ¡Sería absurdo! Conozco el retrato de María Gismondi, no se parecen en nada; excepto, quizás, en que las dos pretenden llamarse María porque tienen miedo de comprometerse si dan su verdadero nombre.

Yo hablaba persuasivamente, sin mirar (pero adivinando) la expresión que invadía el rostro de Heredia. La locura que había nacido en el fondo de sus ojos contraía ahora su boca, hundía sus mejillas, atormentaba su frente, deformaba ya sus manos. Yo tenía que seguir hablando, porque las palabras me guarecían de un silencio aterrador. Proseguí:

—La gente de campo tiene muchos prejuicios. Por eso las muchachas que viven en estos pueblos se ven obligadas a hacer cosas extrañas. Cuando tienen un novio adoptan sin escrúpulos nombres de personas muertas.

Cuando miré a Heredia vi en sus ojos, por primera vez, una expresión de espanto; como un animal herido, huyó de mi lado. Su temor me dio miedo.

Detrás de la oscuridad, entre el follaje de los árboles, apenas veía su sombra, un ojo, un mechón de pelo. Se escondía y me acechaba, entre las plantas, en los corredores, en las habitaciones de la casa.

No podía encerrarme con llave: todas las llaves de la casa se habían perdido. Por fin resolví escribir al señor Heredia. En un rincón de mi cuarto, casi en la oscuridad, comencé la carta:

Estimado señor Heredia: Su estancia es muy linda y muy grande, en ella he pasado los días más felices de mi vida, y los más terribles, pero todo lo que se refiere a mí no tiene ahora importancia. Sólo quiero expresarle mi gratitud por haberme dado la oportunidad de conocer un lugar como éste y mi pena por tener que anunciarle el estado en que se encuentra su hijo. Estoy demasiado perturbado para que esta carta resulte correcta y clara, pero confío en que usted la comprenda.

Después de haber vivido un mes (que equivale a varios años) con su hijo y de no haber encontrado ninguna anormalidad en su carácter, salvo algunas reacciones violentas, como tiene cualquier muchacho; después de haber comprobado que no bebe alcohol, ni frecuenta a ninguna mujer, he descubierto a través de su conducta, de sus actitudes, de sus confidencias, el principio de su locura. Apenas puedo creerlo: Armando está enamorado de una mujer que ha muerto hace cuatro años; le da citas; habla con ella; imagina que la ve, y está solo. Sabe que yo lo he descubierto y me odia. Si no le comunicara a usted estas cosas inmediatamente, temería no tener suficiente fuerza de voluntad para hacerlo después; temería volverme loco yo mismo, por contagio.

En estos días creo que llegará un amigo suyo a la estancia. Tal vez pueda socorrernos.

Lo saluda a usted muy atentamente.

Luis Maidana

Con precaución guardé la carta en el bolsillo.

El calor del día disminuía levemente. Caía la noche, con sus innumerables estrellas. Fui al pueblo para poner la carta en el correo. El correo estaba cerrado. Yo no tenía estampillas. Recordé que era domingo. Cuatro o cinco chicos trabajaban en una casa en construcción. En una bolsa enorme llevaban piedras para depositarlas sobre los escalones de la entrada. Me detuve a mirarlos. Me pareció que la tarea excedía sus fuerzas. Me indigné con las personas que les habían impuesto ese trabajo. Me senté sobre un montón de arena, a fumar un cigarrillo. Estaba cansado. Momentos después apareció una mujer desgreñada y furiosa, que dispersó, a gritos, a las criaturas. Entonces advertí que aquel trabajo, que tanto me había impresionado, había sido un juego, un juego que merecía una penitencia.

Al oír la estridente voz de la mujer, recordé algunos episodios de mi infancia. Yo había jugado con la misma seriedad. Mis juegos podían confundirse con los más penosos trabajos que los hombres hacen por obligación: nadie me había respetado. Pensé: los niños tienen su infierno. Entonces la voz, agresivamente femenina, pronunció un nombre conmovedor. Para castigar, para amenazar más severamente al menor de los niños, utilizó el nombre maravilloso:

—Mandaré a María a tu casa, para que le diga a tu madre todo lo que has hecho.

Avergonzado, seguí como una sombra por las calles del pueblo a esa mujer horrible. Las calles me parecieron sinuosas y lúgubres, infinitas y, a cada paso, más sucias, como si todas desembocaran en algún pantano. Crucé las vías del tren, pasé por dos almacenes, me detuve frente a una farmacia; las calles se enangostaban y se ensanchaban caprichosamente, llegué a la avenida de los fénix, donde subrepticiamente, en una esquina, desapareció la mujer.

Una casa de ladrillos blanqueada entreabría, sobre un balcón de fierro, una ventana baja. Protegido por la oscuridad progresiva de la noche, me asomé a esa ventana y miré el interior del cuarto. En la alucinante luz de un espejo vi reflejada una muchacha, cuyo rostro apenas se insinuaba en la penumbra. La imagen se acercaba, pero una cabellera, como un río con brillo de plata, se interpuso. Pensé que María, sospechando que yo la miraba agazapado en la sombra, me ocultaba su cuerpo con su cabellera.

La luz del cuarto se extinguió. Oí los pasos de unos pies desnudos sobre el piso de madera y luego el silencio definitivo de la calle.

De un salto penetré en la habitación. Pensé en la muerte. El amor y la muerte se parecen: cuando estamos perdidos, acudimos a ellos. Inmóvil, esperé acostumbrarme a la nueva oscuridad del cuarto. Después de un tiempo que pareció comunicarme con la eternidad, el espejo comenzó a iluminarlo. Primero vi una silla, después la mesa de luz, el costurero lleno de carreteles de hilo, el despertador de metal pintado, el vaso con flores de papel, la cama angosta, donde la muchacha yacía con los ojos abiertos. «Hay personas que duermen con los ojos abiertos», pensé, al acercarme. «No me ve. Puedo inclinarme sobre ella para verla mejor. Podría darle un beso sin que lo sintiera.» Me incliné. Sentí su delicada respiración. Vi sus manos sobre la colcha blanca, su cabellera suelta esparcida sobre la funda de la almohada, que tenía bordadas grandes margaritas. «Ella, sin duda, hizo estos bordados», pensé, al ver el dibujo azul del lápiz debajo de las coronas. Arrodillado en el borde de la cama, examiné sus ojos: sin ver, parecía mirarme.

«María, ahora, por primera vez, podré abrazarte como siempre lo hago en pensamiento», le dije, en voz baja, con la sensación de decirlo a gritos. Trataba de resguardar mi cuerpo de la luz del espejo que atravesaba la habitación. Retrocedí unos pasos y tropecé con la mesa de luz; cayó el despertador. Me tiré al suelo esperando las terribles consecuencias, pero el silencio volvió a extenderse como un velo sobre la casa. Permanecí un rato en la misma postura, sin atreverme a hacer un movimiento. Me arrodillé de nuevo en el borde de la cama. En la suave luz del espejo el rostro de la muchacha resaltaba con extraordinaria claridad. De pronto, como si mi insistente mirada la hubiera despertado, se incorporó en la cama. Me miró con horror. Quiso gritar, pero le tapé la boca. Quiso huir, pero la retuve.

Clareaba el alba cuando me alejé de su casa.

Salí de mi cuarto. Era muy temprano. El rocío brillaba sobre las hojas de las plantas. Heredia se acercó. Castigaba con el rebenque las piedras, las ramas, los cardos, los troncos, todo lo que encontrábamos.

—Tengo que hablarle —me dijo—. Tengo que explicarle algunas cosas.

Atónito, sin pronunciar una palabra, lo escuché.

—Para mí —prosiguió—, María Gismondi no murió hace cuatro años. ¿Sabe usted para quién y cómo murió? Hace cuatro años, en el mes de febrero, yo quería entregarle una carta. Sus padres no debían saberlo. La empresa era casi imposible. Una noche (recuerdo que era domingo), abrumado, vagué por el pueblo y resolví entrar, como un ladrón, en su cuarto. Pensaba dejar la carta debajo de la colcha de su cama o en el cajón de la mesa de luz y huir sin ser visto. Entré por la ventana. Me escondí en un hueco, entre el ropero y la pared. Oí unos pasos en el cuarto contiguo: alguien abrió la puerta y encendió la lámpara. Yo no podía irme. (Todavía hoy, en los latidos de mi corazón, siento contra mi pecho la frialdad de la pared blanqueada.) Sobre el piso de madera oí los pasos de unos pies desnudos. María Gismondi entró en el cuarto; cerró la ventana, se acostó y apagó la luz. Esperé que se durmiera. Desde mi nacimiento, nunca he esperado tanto. Cuando me pareció que estaba dormida, dejé la carta sobre la mesa de luz y me acerqué, aterrado, a la ventana. Tropecé con algo. En el total silencio de la noche, el ruido retumbó con violencia. Quedé inmóvil. En la oscuridad, María Gismondi buscaba fósforos y encendía la lámpara. Al verme quiso gritar; le tapé la boca. La tuve entre mis brazos por primera vez. Cuando dos personas luchan, parece que se abrazan. Hasta el alba luché con María Gismondi. Después huí de su casa, dejándola casi dormida. Al día siguiente me anunciaron su muerte. Durante unos días pensé que yo la había matado; luego pensé que la habían matado las personas que la creyeron muerta. Comprendí que nuestra vida depende de un número determinado de personas que nos ven como seres vivos. Si esas personas nos imaginan muertos, morimos. Por eso no le perdono que usted haya dicho que María Gismondi está muerta.

Busqué el calendario. Lo encontré en la cocina. Febrilmente lo consulté. Faltaba un día para el 28. Había que esperar sin miedo. Pensé, para serenarme: «El miedo atrae las desgracias». Salí al patio; recogí unas piedras y, con asombrosa destreza, probé en un árbol mi puntería.

Sobre el techo de la cocina, un gato blanco me miraba con sus ojos verdes. Lo alcancé con la última piedra. Oí un golpe seco en las tejas y un lamento agudo, desgarrador.

El pobre animal, ensangrentado, huyó del techo. Vi una huella de sangre alrededor de la casa. Pensé que las personas son crueles cuando tienen miedo. ¿Por qué yo había tirado esa piedra? ¿Para merecer un castigo? ¿Para probar que yo también podía matar? ¿Para probárselo a quién? A mí mismo. Nadie me había visto.

Un cielo nublado precipitó la noche. Para no imitar mi sueño resolví ir en sulky al correo. Temblando, con la carta en el bolsillo, crucé los corredores, el patio y entré en la cocina. La casera me informó que su marido había salido en el sulky. Con un horrible presentimiento busqué el caballo, lo ensillé.

—¿Tiene frío? —preguntó Eladio.

Me di cuenta que yo estaba temblando.

Tenía la sensación de no avanzar, de ir montado en un caballo de plomo. Con un horrible cansancio llegué al pueblo. Frente a la casa baja y amarilla del correo, me sentí más tranquilo. No había nadie. Bajé del caballo. Tenía que dar unos pasos para dejar la carta en el buzón y sentirme libre, pero bruscamente, cuando ya la tenía en la mano, apareció Heredia. Pensé: «Estoy soñando; no debo afligirme; luego me despertaré».

Heredia me dijo, pausadamente:

—Deme esa carta; voy a ponerla en el buzón. —Cuando tuvo la carta en la mano, agregó—: Este sobre lleva adentro otro sobre del mismo tamaño.

—Usted es adivino —le contesté, procurando que la realidad no se pareciera al sueño—. He puesto una carta para un compañero del colegio. No tengo su dirección.

Por el sendero de tierra, a pocos metros, venía caminando Claudia o María. (Todavía no sabía su nombre. ¡Nunca lo sabría!) Me sentí tranquilo: la realidad difería cada vez más del sueño; además, esa circunstancia me permitiría hablar de otra cosa, distraer la atención de Heredia. Le dije en voz baja, indicándole con los ojos la dirección en que debía mirar:

—Ésa es la muchacha que hizo el viaje conmigo. Verá cómo se ruboriza. ¡Simula no conocerme!

Heredia me miró con desprecio. ¿Sospechaba todo lo que yo había sufrido, pensando que él también amaba a la misma muchacha? Esperé que se acercara y, sacándome el sombrero, le pregunté como si no la conociese:

—Señorita, ¿podría decirme si cambiaron el horario de trenes? —Consulté mi reloj—. Son las doce y todavía no he oído el silbato del tren.

Me miró con asombro.

—La estación queda a dos cuadras de aquí; pregúntele al jefe.

—Y el Club Social, señorita, ¿dónde queda?

—El Club Social queda a cinco cuadras, doblando a la derecha.

—¿Cuándo habrá baile?

—El sábado por la noche.

—¿Irá usted, preciosa?

Al oír la última palabra, que no era precisamente la que deseaba decirle, la muchacha se ruborizó.

—Yo no voy a bailes. Estoy de luto —respondió con un orgulloso movimiento en los labios. Se alejó con gracia rápida, sin decirme adiós.

Nos quedamos mirándola. Hablamos de sus piernas, de su edad, de su cintura. Pero ¿qué había hecho Heredia con mi carta? Advertí que la había guardado en el bolsillo, quizá por distracción. Le dije con voz trémula:

—Se olvida de mi carta.

—Al contrario; no la olvido.

—La tiene en el bolsillo. ¿Para qué?

—Para que usted me la lea cuando lleguemos a la estancia.

Intenté arrebatársela, pero me amenazó con el revólver. ¡Con el revólver del sueño! Montamos a caballo. Durante el trayecto pensé quitarle la carta y el revólver. Lo miraba de soslayo, esperando que tuviera un momento de distracción, para huir, para pedir auxilio, para asestarle un golpe en la cabeza. Pero él era tanto más fuerte que yo, tenía un aspecto tanto más equilibrado, que renuncié a todos mis planes. Si pedía auxilio me hubieran creído loco; si huía, Heredia me hubiera baleado por la espalda; si lo atacaba, me hubiera matado como a un perro.

No me importaba morir. Lo miré con indulgencia.

—¿Y con qué derecho pretende que le lea mi carta?

—Con éste —dijo poniendo sobre una mesa el revólver—; porque usted no es capaz de defenderse ni con este revólver, ni con ese cuchillo que tiene en el cinturón.

—Desprecio los medios de violencia para llegar a un acuerdo.

—¿Qué medios le agradan, entonces?

—Los del entendimiento.

—Está bien —dijo, sentándose—. Léame ahora su carta.

—No acepto.

—Por la violencia, entonces —dijo empuñando nuevamente el revólver.

Temblando tomé la carta que me entregó Heredia. Pensé de nuevo que soñaba y que pronto despertaría. Tal vez la carta se transformara en otra totalmente distinta.

Comencé la lectura muy lentamente. Leí como me habían enseñado a leer en el colegio, con el cuerpo erguido, levantando la cabeza al final de cada párrafo, señalando exageradamente la puntuación. Cuando terminé, después de un siglo, Heredia, sin decir una palabra, se levantó y salió del cuarto. Oí morir sus pasos en las baldosas del corredor. De cualquier modo, aun repitiendo mi sueño, tenía que huir. Encerré a Carbón en mi cuarto, para que no me siguiera. Busqué el sulky, los caballos: no estaban. Con la pesadez que da la vergüenza del miedo, corrí. Entré de nuevo en mi cuarto; había olvidado las llaves. Las guardé en mi bolsillo. Guardé mi cuaderno y mis libros en el cajón de la mesa, volví a salir. Dejé todo: cualquier cosa que llevara conmigo podía delatar o entorpecer mi huida.

CONSIDERACIONES FINALES DE RÓMULO SAGASTA

Aquí se interrumpen las páginas de este extravagante cuaderno: después de haber meditado sobre su contenido siento ahora la necesidad, casi el deber, de agregarles un final.

Toda vida, con sus experiencias, con sus ilusiones, es incompleta, fragmentaria y terrible: la que en las páginas anteriores se revela como un símbolo es, a mi juicio, especialmente conmovedora y dramática. Después de corregir algunos errores gramaticales, sin modificar el estilo simple y pueril de las frases, agregaré las siguientes líneas:

El 28 de enero de 1930 partí de Constitución en el tren de la mañana para Cacharí. Lo hice de mala gana, pero sin pensar que me encontraría frente a un espectáculo tan triste como el que me deparó la suerte.

«Los Cisnes», aquella estancia donde mi amigo Heredia me había invitado tantas veces a pasar los fines de semana, las fiestas de mayo y de carnaval, evocaba en mi corazón los recuerdos más placenteros y dulces.

Los suculentos almuerzos al aire libre, las largas siestas, el tranquilo silencio campestre, son goces que ningún criollo desdeña. Es cierto que soy aficionado a la caza y que ese entretenimiento agrega seducción a la vida de campo. Lo primero que hacía, al llegar allí, era alquilar por dos pesos el perro de caza del almacenero. Un «pointer» degenerado sirve para algo cuando el cazador es competente. Invariablemente, al final de la tarde, volvía del campo con ocho o nueve perdices.

Llegué a «Los Cisnes», repito, el 28 de enero de 1930, con mi escopeta, arma que llevaba como un vano disfraz para disimular el verdadero motivo de mi viaje.

Era un día de sol deslumbrante y hermoso. Nadie me esperaba en la estación. Vagué más de media hora por el andén; tuve tiempo para arrepentirme del viaje, antes de ver aparecer la volanta con Eladio Esquivel, que bajó lentamente como un viejito a saludarme. Lo recibí con frialdad, pero en seguida sospeché que una elocuencia trágica se ocultaba en su lentitud. Algo grave había sucedido. Con serias palabras entrecortadas, me dijo:

—Ha sucedido una desgracia.

Con mi escopeta y mi valija, subí apresuradamente a la volanta y traté de averiguar todo lo que me costaba creer. Confusamente oí el relato del niño, mientras nos aproximábamos a la estancia. El sol, la claridad del día, la voz soñolienta del niño, todo parecía contradecir la noticia.

Después de ver al muerto, después de hablar con los caseros, con el médico, con el agente de policía y de hacer los trámites necesarios para que enviaran un ataúd, quise examinar el lugar donde había ocurrido el hecho. Por la calle de eucaliptos y casuarinas Eladio me guió hasta el lugar del campo entre los pastizales, donde se veían aún las manchas de sangre y los rastros (se hubiera dicho) de una lucha. Después supe que el perro negro de la estancia, aullando, había escarbado la tierra con desesperación al ver la sangre.

Nunca prevemos lo peor. Yo había previsto todo, salvo lo que había ocurrido. Lamenté de nuevo haber aceptado una misión tan desagradable. Mi amistad con Raúl Heredia, mi simpatía por toda su familia, me habían impulsado a hacerlo por un sentimiento de deber. Ir a una estancia solitaria, con el pretexto de cazar perdices, para espiar y aconsejar a un muchacho de dieciocho años, aunque ese muchacho fuera el hijo de uno de mis mejores amigos, me parecía interesante pero comprometedor. Ahora, al encontrarme con una noticia tan inesperada como horrible, me parecía que mi temor había obedecido naturalmente a un presentimiento.

Desde la infancia, Armando Heredia había mostrado signos de locura. Es cierto que los niños de corta edad siempre me parecen dementes; los diálogos, los juegos que practican, las palabras que profieren son indudables ejemplos de locura. Atravesar la infancia es una severa prueba para la razón. Entre los niños que yo he conocido, Armando Heredia fue sin duda el más extraño. Lo veo como era hace catorce años, con los ojos encendidos, con un látigo en la mano, castigando a un personaje ficticio (cuyos rastros había pintado él mismo, con tinta roja, en el suelo) y llorando después sobre su muerte.

En el tren de la tarde llegó la familia de Heredia. Nunca había tenido que asistir a una escena tan dramática: ver a una madre frente a un hijo muerto. No soy especialmente egoísta; sin embargo, me preocupaba más la actitud que yo debía asumir que el dolor de una familia que estimo.

Me costaba reconocer la alegre casa de campo, con sus apacibles corredores, con sus profusas enredaderas. En un instante el aspecto de un lugar puede cambiar definitivamente. Al ver a Raúl Heredia comprendí que no podríamos volver, como antes, a la estancia. Ciertos acontecimientos señalan el tiempo como en los juegos las líneas de tiza blanca marcan límites infranqueables: principio y final de épocas distintas.

Colocaron el ataúd en la sala de la casa. Allí velamos al muerto. En la trémula luz de los cirios, la cara del muchacho no estaba desfigurada. Su tez oscura, su frente angosta, la pureza de su perfil no se habían alterado. El balazo lo había alcanzado en el centro del corazón. Me impresionaron las flores que la madre quiso, vanamente, colocar entre las manos del muerto; el resentimiento con que le hablaba; las frases amargas, severas.

Al alba, después de beber varias tazas de café, Raúl Heredia me llevó al cuarto que había sido de su hijo (un cuarto lúgubre y húmedo). Abrió el ropero y los cajones de la mesa.

—Mi mujer no podría hacer estas cosas. La conozco. Antes de irme quiero revisar todo.

La luz del alba rayaba las persianas y los primeros pájaros cantaban débilmente. Raúl Heredia se detuvo un instante y me dijo:

—A esta hora uno comprende súbitamente todo lo que es definitivo. —En el marco de la puerta me enseñó el cielo blanco—: Sólo embriagado o triste he visto el alba; sólo en fiestas, nacimientos o muertes, y ésta es la más amarga, la más infernal, la más injusta...

Encontramos en el cajón de la mesa un cuaderno de tapas azules. La primera página llevaba el título *Mis sueños*. Raúl Heredia hojeó melancólicamente el cuaderno y me lo entregó.

—No tengo el coraje de leer estas páginas. Me parecería un crimen, sin embargo, destruirlas. Armando era inteligente. ¡Lo he conocido tan poco! Te las entrego a ti, porque eres mi mejor amigo. Podrás leerlas y descubrir tal vez en ellas qué motivos impulsaron a mi hijo a cometer este acto de locura; ya ninguna explicación puede modificar nada.

Tomé el cuaderno y volvimos a la sala donde temblaban las luces de los cirios.

Muchos vecinos habían acudido al velorio. Las mujeres lloraban con ímpetu poético y elocuentemente hablaban de la muerte.

Inútil sería relatar en todos sus detalles los tristes diálogos de aquella noche, el viaje penoso en tren, la llegada a Constitución.

Después del entierro en Buenos Aires, emprendí, con asombros sucesivos, la lectura del cuaderno. Durante algunos días permanecí aterrado. Pensé destruir las páginas: no he hallado, no he podido hallar solución al problema. En vano busqué en la guía telefónica el nombre de Luis Maidana. Mientras tanto, traté de evitar los encuentros con mi amigo Heredia. ¿Si me hablaba del cuaderno? ¿Si me lo pedía? Sin éxito traté de frecuentar a otras personas de la familia para averiguar detalles sobre la vida del muchacho.

Seis meses transcurrieron. Heredia fue un día a mi casa, a visitarme. En un tono jovial me anunció su próximo viaje a Europa. Me habló de sus hijos y, al mencionar a Armando, dijo:

—Fue mejor que Dios se lo llevara; muchachos de esa clase no hacen nada bueno. Ya costó bastantes llantos a su madre.

Aprovechando la oportunidad me atreví a comunicarle que el cuaderno que me había sido entregado seis meses antes no contenía relatos de sueños, ni había sido escrito por su hijo, sino por una persona llamada Luis Maidana. Mi noticia no asombró ni interesó demasiado a Heredia. Me miró con incredulidad. Me aseguró que su hijo no tenía ningún amigo de ese nombre.

Estudiamos la escritura del cuaderno; confrontamos cuadernos del colegio y cartas que fueron escritas por él, presumíamos, en esa época: la letra era la misma. Averiguamos entre los amigos de Armando si existía o había existido un Luis Maidana. Nadie lo conocía ni había oído hablar de él. Los caseros de «Los Cisnes» afirmaron que nadie visitó a Armando en la estancia. Finalmente tuve que aceptar lo increíble: los relatos contenidos en el cuaderno bajo el título *Mis sueños* habían sido escritos por Armando Heredia y no por Luis Maidana.

¿Por qué, suponiendo que esos relatos fueran sueños, Armando fingía ser otro personaje? ¿Fingía o realmente soñaba que era otro, y se veía desde afuera? ¿Lo obsesionaba la idea de no tener sueños, como lo dice en una de las páginas del cuaderno? ¿Se sentía como un fantasma, se sentía como una hoja en blanco? ¿La obsesión fue tan poderosa que Armando terminó por inventar sus sueños?

Cuando pensaba, tal vez creía Heredia que estaba soñando. De ahí provendría la extraña y alucinante ilación que hay en sus sueños: Armando Heredia sufría desdoblamientos. Se veía de afuera como lo vería Luis Maidana, que era a la vez su amigo y su enemigo. «En la vigilia, vivimos en un mundo común, pero en el sueño cada uno de nosotros penetra en un mundo propio.» He podido comprobar que algunas personas, algunos objetos y acontecimientos que figuran con modificaciones en estos relatos existieron realmente; otros, como Luis Maidana y el doctor Tarcisio Fernández, no existen ni jamás existieron.

Armando Heredia, al suicidarse, ¿creyó matar a Luis Maidana, como creyó matar en su infancia a un personaje imaginario? ¿En vez de tinta roja empleó su propia sangre para jugar con su enemigo? ¿Quiso, odió, asesinó a un ser imaginario?

Heredia me pidió que me ocupara de la venta de su campo. Volví a «Los Cisnes» por última vez. Vi algunos objetos que figuran en los relatos del cuaderno: los reconocí con desagradable sorpresa. Vi la canasta de porcelana, la mecedora alucinante, el paisaje pintado en la cabecera de la cama, el tigre y el jaguar del cuadro atribuido a Delacroix. En Cacharí conocí a María Gismondi (a quien interrogué infructuosamente). Nadie había oído hablar de Luis Maidana.

Todavía siento un profundo malestar cuando pienso en este cuaderno. El misterio que envuelve sus páginas no ha sido totalmente aclarado para mí, ya que la muerte selló para siempre los labios del autor y actor, de la víctima y del asesino de esta inverosímil historia. Si yo hubiera llegado a «Los Cisnes» el 26 o el 27 de febrero en lugar del 28, como quería hacerlo, hubiera salvado con el fantasma de Maidana a Armando Heredia, pero tal vez hubiera perdido mi propia vida. Y si esto fuera una historia policial, yo habría sostenido, tal vez, una disputa con Armando; éste (como en la realidad) se habría suicidado y me acusaría criminalmente de su muerte. Las consecuencias de cualquier hecho son, en cierto modo, infinitas.

A veces pienso que en un sueño he leído y he meditado este cuaderno, y que la locura de Heredia no me es ajena.

No hay distinción en la faz de nuestras experiencias; algunas son vívidas, otras opacas; algunas agradables, otras son una agonía para el recuerdo; pero no hay cómo saber cuáles fueron sueños y cuáles realidad.

Fragmentos del Libro Invisible

Cerca de las ruinas de Tegulet, en la Ciudad de los Lobos, antes de mi nacimiento, hablé. Mi madre, encinta de ocho meses, me oyó decir una noche: «Madre, quiero nacer en Debra Berham (Montaña de Luz). Llévame, pues allí podrás ser la madre de un pequeño profeta y yo el hijo de esa madre. Cumpliendo mis órdenes te aseguras un cielo benévolo».

De mi discurso prenatal conservo un recuerdo vago envuelto en brumas; una festividad de flores y de cánticos, a medida que pasa el tiempo lo alegra.

El viaje era largo y peligroso, pero mi madre, que era ambiciosa, pintó sus ojos, untó de manteca su pelo, elevó su peinado como una colmena, y con todas sus pulseras —que le servían por las mañanas de espejos—, los pies desnudos y su mejor vestido, obedeció a mi voz. El sol del verano como una enorme hoguera abrasaba a los hombres. Ella lo atravesó sin perecer porque me amaba.

Los relatos de mi madre, que guardaba como una reliquia, el vestido hecho jirones por el viaje (además de una fiebre palúdica y una erupción en forma de rosas, sobre la dorada oscuridad de su piel), exigían mis explicaciones: «No fue por vanidad que te ordené un viaje tan penoso. Si no me hubieras oído hablar en tu seno antes de nacer, si no hubieras acudido a Debra Berham, no hubieras sido mi madre: esto molestaba a tu alma y no a mi soberbia. Tengo muchas cosas tuyas que juntar en este mundo para llevarlas al cielo».

«Contemplar un árbol o una jirafa, respirar el olor de la lluvia o del fuego, oír las carcajadas de las hienas, mirar de frente el sol, en éxtasis la luna, no parecen cosas importantes: no sabremos nunca todo lo que hemos perdido o ganado en esos instantes de contemplación. Un mes antes de mi nacimiento, si no hubieras estado, en la noche, esperando los cantos del alba; si hubieras estado como tus hermanas, dormida, no hubieras escuchado mi voz en tus entrañas. Fuiste dócil al destino, fuiste atenta: de ese modo se logra la dicha.»

Mi caballo rojo espanta los reptiles cuando lo llevo al río a beber.

Grutas, follajes intrincados son mis guaridas en los días de tormenta, pues nunca duermo debajo de un techo. Me alimento de frutas, de yerbas y de raíces. Mi rostro, como los cielos del poniente y de la aurora, jamás se repite.

No me conozco. Conozco a los otros, a los que me conocen.

Algunos pastores dicen que soy un monstruo, con largo y sedoso pelo, otros que soy de una belleza deslumbrante y altiva. Dicen que mis ojos son de un azul profundo, de un verde desvaído, tan hundidos en las órbitas que no se pueden ver sino a ciertas horas. Dicen que mis pupilas sólo reflejan el rostro de los seres que comparten mi fervor y que los otros ven en ellas el mero reflejo de una calavera o de un mono.

La mentira origina el miedo y el miedo la mentira.

Conozco el lenguaje de los muertos, de las plantas abisinias, de las bestias y de los minerales. He compuesto dos libros, dos libros invisibles cuyas frases imprimí únicamente en mi memoria, sin recurrir a la tinta, al papel y a la pluma. Desdeño esos groseros instrumentos que fijan, que desfiguran el pensamiento: esos enemigos de la metamorfosis y de la colaboración.

El que se atreva a imprimir mis palabras las destruirá. El mundo no se reirá de mí sino de él. Mi libro, en caracteres impresos, se tornaría menos importante que un puñado de polvo.

El primero de mis libros, que se titula *El Libro de la Oscuridad*, lo comencé a los doce años. Ni en un árbol, ni en una piedra, ni en la tierra, donde a veces dibujo, grabé uno solo de mis pensamientos. Al principio las frases se formaban en mi mente con dificultad, con lentitud. Una vez que se arraigaban en mi memoria las hacía repetir por mi madre, y, cuando fui mayor, por mis discípulos, que a veces se equivocaban. Estas equivocaciones todavía me deleitan: suelo modificar mi texto de acuerdo con ellas.

La memoria es infinita, pero más infinita y caprichosa, como los senderos de un dédalo, es la invención que la modifica. Mis discípulos tratan de reemplazar la memoria con la imaginación.

El segundo libro, que actualmente compongo, y que contiene, hacia el final, mi autobiografía, se titula *El Libro Invisible*. Nunca compongo más de nueve frases por día, nunca menos de tres. Al principio necesitaba recurrir a los objetos y a los lugares inspiradores: si hablaba de una piedra tenía que tenerla en mis manos mucho tiempo; si hablaba de una gruta, permanecía en su recinto varios días y varias noches contemplando los cambios de la luz según las horas; si hablaba del agua de un lago tenía que vivir en sus orillas; si hablaba de alguno de mis discípulos tenía que pasar largas horas con él, escuchando su voz, estudiando la estructura de sus frases, las formas de sus equivocaciones, la expresión de su dicha o de su tristeza.

Creo en un número incalculable de dioses que moran en el sonido, en la forma, en el color, en la fragancia.

Ninguna cosa es más importante que otra.

Yo no deseaba asombrar a nadie, pero ciertas actitudes mías lograron el asombro.

En vez de aspirar una flor, la acercaba a mi oído y, ante los trémulos discípulos, decía: «Puedo oír el corazón de esta flor como el vuestro. Ella clama por agua como vosotros por la gracia divina, y vuestra voz es pequeña como la voz de esta flor. Dios tendría que acercarnos a su oído como yo acerco esta flor al mío, pero no existe un dios que atienda a estas cosas».

«En las flores hay una voz misteriosa y fina como la del violín que escuchó mi madre, en Persia, a los nueve años. ¿No la oyen ustedes? Las flores y todos los elementos que componen la naturaleza tienen voces sutiles. El espacio está tejido por estas voces. El silencio jamás es absoluto. En las noches más profundas oímos siempre un murmullo lejano, revelador de una suma de infinitesimales voces: todos los pensamientos que se formulan en el mundo vibran en esas voces. En una piedra podemos oír, si escuchamos con atención, el trayecto del tiempo; en el ruido de la lluvia podemos oír el diálogo vacilante de los primeros hombres; en ciertas plantas podemos oír a las mujeres de la antigüedad elaborar secretos; en el estruendo de las olas que se elevan en los mares podemos oír la aclaración de algunos hechos históricos; ciertas alondras nos traen anuncios del futuro más próximo. Si ustedes no se dignan oír estas voces ¿cómo podría un dios oír las vuestras?»

A veces en medio de nuestros diálogos instaba a mis discípulos a cerrar los ojos y a estudiar la oscuridad (éste era uno de nuestros ejercicios diarios). Era penoso al principio. Los ojos cerrados, las moradas de nuestros ojos cerrados eran mundos luminosos donde existían flores, pájaros, rostros, paisajes, objetos imprecisos. Mis discípulos tenían que describir estos mundos, uno por uno, detalladamente. Era difícil, casi imposible precisarlos: se interponían imágenes indefinidamente variadas, y al final intervenía siempre el sueño. En *El Libro de la Oscuridad* aparecen más de mil láminas detalladas, más de mil formas distintas, que me transmitieron mis discípulos y que yo mismo estudié en largas meditaciones. Todas tienen un significado. Tratábamos vanamente de hacer coincidir las formas que veíamos en cada una de nuestras oscuridades.

Uno de mis discípulos descubrió en mi mano, al abrir los ojos, una hierba amarilla que nació en los dominios de la oscuridad. Él solo la había visto y la encontró en mi mano. Éste fue tal vez el milagro más involuntario que realicé en mi vida. ¿Por qué no elegí un rostro, o aquel jardín con grutas azules, o aquel océano incendiado, para trasladarlos a este mundo, en vez de aquella hierba minuciosa cuyo origen nadie conocerá?

Esta planta se llama «Planta dorada». El viento llevará sus semillas al Monte del Líbano y a las sendas que conducen a Damasco. Florecerá en mayo y será invisible durante el día. La buscarán los alquimistas porque puede transmutar los metales.

He vivido mucho; demasiado. Veré morir a mis discípulos. Un día penetraré en las regiones que se extienden más allá de la vida. Las visitaré antes de morir. Para eso he estudiado.

Lebna, el menor de mis discípulos, era reservado y meditó su muerte con pudor. Era difícil advertir un cambio en él. Con la cabeza inclinada sobre el brazo izquierdo, como cuando descansaba boca abajo, yacía entre las hierbas. No es cierto que ordené un breve silencio a los pájaros y que agrandé el tamaño de la primera estrella, en señal de duelo como algunas personas lo aseguran.

«La puesta de sol no es más dolorosa que el alba: si no me afligió tu nacimiento por qué ha de afligirme tu muerte.» ¡Ah, qué vana me pareció mi voz sin el eco de la suya! Todas nuestras frases llevan un signo inicial de interrogación: la respuesta está en el oído que la escucha y no en las palabras que la contestan. Con dolor penetré en ese vacío templo del silencio.

¡Ah, qué joven era yo entonces! Después de estas palabras designaré sólo la hora de aquel lugar desierto. Las horas son mansiones en lugares donde no hay edificios. Las horas son personas en lugares solitarios. El mediodía, como una torre, brillaba con cien espejos. El mediodía, como cien jóvenes, deslumbrantemente pesaroso, permanecía inmóvil.

«A la hora en que nace la primera estrella vendrás a mi encuentro. Lebna, no me ocultes nada. No eres un adulto en el reino de los muertos; todavía eres un niño.» Con estas palabras llamé a Lebna.

Siguiendo la luz de la primera estrella llegó a las nieblas rosadas de este mundo. Se sentó a mi lado en el banco de la plaza desierta y me dijo:

—Lo único terrible de la muerte es no saber cuándo uno muere. ¿Qué podría decirte ahora de mi trayecto, de mi viaje al otro mundo? Pasé por muchas puertas; algunas modestas, conmovedoras, otras con incrustaciones de oro y de piedras preciosas que me escandalizaron. Pasé por muchas puertas transparentes, como de hielo, en cuyas transparencias se veían ciertos colores que los mortales no alcanzan a ver; por muchas puertas altísimas, silenciosas, cubiertas de follajes, de frutos y de pájaros cuyas alas trémulas irradiaban luz en las maderas labradas. Pasé por muchas puertas horribles —algunas eran diminutas, algunas tenían una mano de hierro o de bronce, a un lado, o la cabeza de un león mordiendo un aro, en el centro— antes de hallar el otro mundo en un paisaje complicado, entre edificios y objetos heterogéneos, entre camas, cuadros, armarios, arcos, estatuas, columnas, glorietas, miniaturas, látigos, sistros, tabernáculos, aureolas, espadas, baldaquines, linternas mágicas, barajas, astrolabios, cariátides, mapamundis.

Lebna me hablaba con una naturalidad que parecía fingida.

—Al principio creí que había llegado a una casa de remates, pero había jardines y bosques y lagos. Es un lugar bello y a la vez horrible. Algunas cosas son idénticas a las que yo había imaginado después de oír tus palabras; otras seguramente se me hubieran ocurrido si hubiera meditado más tiempo sobre la posible complejidad del cielo junto a ti; otras, no se me hubieran ocurrido nunca, porque te hubieran desagradado. Allí, todo lo que nos parecía de oro y no era de oro en el mundo, es de oro: por ejemplo, las retamas iluminadas por el sol, o el pelaje de algunos animales. Todo lo que nos parecía de plata, y no era de plata en el mundo, allí es de plata: por ejemplo, el follaje del cedro del Líbano, o el agua de un pantano en la noche. Pero lo que es más maravilloso es la muchedumbre de objetos que hay y la música dulce que se escucha en sus recintos.

—Qué parecido eres muerto, Lebna, a lo que eras cuando vivías —le respondí—. Te gustaban los objetos. Hacías colecciones de plumas de pájaros, de dientes de leche, de piedras que lustrabas con la palma de tu mano hasta que brillaban y que luego horadabas para hacer collares. Te deleitaba el canto de las ranas.

—¿No habremos soñado que has muerto? Las cosas que me dices no me asombran. Las puertas que me describes me repugnan como me repugnan algunas de las puertas de las casas de la gente rica. Sabes que no tengo predilección por las puertas. He vivido siempre afuera. Las grutas y los follajes donde me he guarecido no tienen puertas. En este mundo las cosas que te parecían bellas no me agradan. Sin embargo, no confío mucho en ti. Nunca fuiste observador.

—Siempre me decías que no era observador. Para disimular mis mentiras muchas veces hablabas de mi imaginación.

—En el cielo, si es que estoy en el cielo, no necesito ser observador —me decía Lebna—, no necesito mentir. Allí puede tocarse el fuego: esto no es una mentira. El interior de las llamas, que parece a veces el interior de una fruta al sol, puede probarse, el gusto que tiene es superior al gusto de la miel de las abejas más refinadas: esto no es mentira. Como se junta un ramo de flores, podría juntar un ramo de llamas, con las llamas más ardientes, anaranjadas, azules o violetas.

—Las frutas adivinan los deseos de quienes las van a probar, tienen más o menos azúcar, son más o menos ácidas de acuerdo con cada paladar. Cambian también de forma para agradar a las personas que las miran. La primavera es eterna en algunas regiones y hay ríos de leche, de miel y de licores cuyo gusto es inmaterial como el de las flores. Hay lámparas que pueden iluminar diez mil jardines a la vez y que son pequeñas como luciérnagas o como la piedra preciosa de un anillo. Hay grutas azules donde la sed no existe y mares obedientes donde cantan sirenas benignas en los bordes nacarados de las olas. La salud es variada como eran variadas en el mundo las enfermedades. La ausencia de dolores tiene distintos grados de agudeza. En los senderos de los jardines hay piedritas en cuyo fondo se encuentran diminutos jardines, millones de diferentes jardines; penetrar en ellos no es imposible. En cada gota de rocío hay otra noche en miniatura, con sus estrellas. Contemplar estas bellezas es un entretenimiento inagotable, pero también hay cosas horribles que no sabría describir sino muy lentamente. Hay pájaros anaranjados, con seis patas y cuatro alas, sin caras, sin ojos. Hay un crisantemo grande como un imperio en cuyos pétalos mil hombres pueden pasearse. Los pensamientos vuelan como las mariposas. Hay lagos donde el agua es dura como una piedra transparente. Hay perros con caras de hombres y ovejas como árboles. Hay fuentes de donde mana un agua que no moja; árboles con plumas suaves. Hay casas de hielo con muebles de hielo. Hay soles pequeños como granos de azúcar pero más brillantes que el mismo sol. Hay un ajedrez de nácar con verdaderas reinas y un ruiseñor mecánico cuyas veinte mil canciones corresponden a cada una de sus veinte mil plumas.

Descubrí veinte de las figuras del *Libro de la Oscuridad* diseminadas. Apenas las reconocí, se perdían entre tantos objetos. Reconocí también unas plumas lustrosas como las que más codiciaba en este mundo, unas piedras horadadas, unos dientes de leche del color de la nieve.

Oh, hermanos, reprimid los suspiros, no guardéis luto por los objetos perdidos ni por los hombres muertos. Que la hierba se seque, y que la flor caiga, pero que el pensamiento dure para siempre.

Muchos muertos creerán que están en el cielo cuando llegan al infierno; esto no sucede por obra de la misericordia divina ni por la perversidad de un demonio que colmándonos de lujo y de belleza física agota la pureza de nuestro espíritu: esto sucede porque está en la naturaleza del hombre equivocarse.

En el invierno de una noche murió Nastasen, el primogénito de mis discípulos. Follajes oscurecidos me anunciaron su muerte. Lo imaginé a la distancia, con el cabello ensangrentado y un tigre a sus pies. Encontramos su cuerpo flotando en la superficie de un lago donde solía bañarse a la luz de la luna, en verano. Un tigre lo había herido, en el lago; ya casi muerto intentó lavar sus heridas.

A la hora más blanca del alba cuando rompen a cantar los pájaros, envuelto en las alas del viento, llamé a Nastasen.

Siguiendo la luz del alba llegó a mi lado. Reclinados en el parapeto de un puente mirábamos el agua mientras hablábamos. Su voz tranquila y melodiosa se elevaba como un rayo de luz entre las sombras.

—Pasé por muchas puertas modestas, cubiertas de follajes o de marfil con rosas, o con incrustaciones de oro y de piedras preciosas, o transparentes, en cuyas transparencias se veían colores que los mortales no alcanzan a ver, o silenciosas y altísimas.

De acuerdo con sus descripciones reconocí muchas de las puertas que me había mencionado Lebna en su narración, comprobé que otras eran nuevas, recién colocadas: en algunas me dijo que había sentido un olor fresco a pintura o a madera. Las basuras, los aljibes, los pisapapeles, las glorietas se habían acumulado. Había visto unas pulseras iguales a las de mi madre, unas pesadas rosas como las que regaba en su jardín. Había oído una hermosa música, dulce y penetrante como la del violín de Persia en su recuerdo.

Si Lebna y Nastasen están en el infierno trataré de merecer la misma suerte.

Estoy casi muerto, pero estoy pensando. Estaré muerto y seguiré pensando. El cielo o el infierno se compone de todos los objetos, sensaciones y pensamientos que los hombres tuvieron en la tierra. Esos objetos, esos pensamientos, esas sensaciones determinarán el porvenir de ese lugar infinito.

Oh, trama suspendida en el espacio, tejido luminoso y abyecto, que unirá el presente al pasado y el pasado al futuro. ¿Dónde nació tu primer hilo? ¿Somos el mero sueño de algún dios? ¿Somos una escala prismática?

Lebna, Nastasen, Alda, Miguel, Aralia, mis discípulos, al ánfora de la sabiduría he acercado vanamente mis labios. ¡Qué amarga es su agua cristalina!

Mi madre desapareció misteriosamente. No he de llamarla como a mis discípulos, la visitaré; no le pediré que haga otro viaje. Ahora comprendo por qué sus pulseras, sus rosas y la música de su memoria se encuentran en el otro mundo.

Tal vez volveremos a nacer y un día todo lo que pensemos o hagamos en la tierra alguien ya lo habrá hecho o pensado antes que nosotros. Entonces, sólo entonces, sabremos si ese lugar que nosotros los mortales hemos preparado es el cielo o el infierno.

Tanto afán tuve en nacer en Debra Berham y ahora lo que llevo en mis manos es un puñado de tierra, unas figuras de la oscuridad, una hierba, unas pulseras, unos frutos y unas flores. Con qué lentitud tan minuciosa tendré que esperar que los siglos renueven las palabras de mis libros y originen un nuevo caudal de objetos que perfeccionarán la felicidad o el dolor.

Dios me verá como yo vi las imágenes en la oscuridad. No me distinguirá de las otras imágenes. Soy la continuación desesperada de mi libro, donde encerré a mis discípulos, a mi madre y a mí mismo.

Soy Lebna, soy Nastasen, soy Alda, soy Miguel, soy Aralia, soy mi madre, soy el caballo que espanta a los reptiles, soy el agua del río, soy el tigre que devoró a Nastasen y el terror de la sangre, soy la oscuridad múltiple y luminosa de mis ojos cerrados.

Autobiografía de Irene

Ni a las iluminaciones del veinticinco de Mayo, en Buenos Aires, con bombitas de luz en las fuentes y en los escudos, ni a las liquidaciones de las grandes tiendas con serpentinas verdes, ni al día de mi cumpleaños, ansié llegar con tanto fervor como a este momento de dicha sobrenatural.

Desde mi infancia fui pálida como ahora, «tal vez un poco anémica», decía el médico, «pero sana, como todos los Andrade». Varias veces imaginé mi muerte en los espejos, con una rosa de papel en la mano. Hoy tengo esa rosa en la mano (estaba en un florero, junto a mi cama). Una rosa, un vano adorno con olor a trapo y con un nombre escrito en uno de sus pétalos. No necesito aspirarla, ni mirarla: sé que es la misma. Hoy estoy muriéndome con el mismo rostro que veía en los espejos de mi infancia. (Apenas he cambiado. Acumulaciones de cansancios, de llantos y de risas han madurado, formado y deformado mi rostro.) Toda morada nueva me parecerá antigua y recordada.

La improbable persona que lea estas páginas se preguntará para quién narro esta historia. Tal vez el temor de no morir me obligue a hacerlo. Tal vez sea para mí que la escribo: para volver a leerla, si por alguna maldición siguiera viviendo. Necesito un testimonio. Me aflige sólo el temor de no morir. En realidad pienso que lo único triste que hay en la muerte, en la idea de la muerte, es saber que no podrá ser recordada por la persona que ha muerto, sino, únicamente, y tristemente, por los que la vieron morir.

Me llamo Irene Andrade. En esta casa amarilla, con balcones de fierro negro, con hojas de bronce, brillantes, como de oro, a seis cuadras de la iglesia y de la plaza de Las Flores, nací hace veinticinco años. Soy la mayor de cuatro hermanos turbulentos, de cuyos juegos participé en la infancia, con pasión. Mi abuelo materno era francés y murió en un naufragio que abrumó y oscureció de misterio sus ojos en un retrato al óleo, venerado por las visitas en las penumbras de la sala. Mi abuela materna nació en este mismo pueblo, unas horas después del incendio de la primera iglesia. Su madre, mi bisabuela, le había contado todos los pormenores del incendio que había apresurado su nacimiento. Ella nos transmitió esos relatos. Nadie conoció mejor aquel incendio, su propio nacimiento, la plaza sembrada de alfalfa, la muerte de Serapio Rosas, la ejecución de dos reos en 1860, cerca del atrio de la iglesia antigua. Conozco a mis abuelos paternos por dos fotografías amarillentas, envueltas en una especie de bruma respetuosa. Más que esposos, parecían hermanos, más que hermanos, mellizos: tenían los mismos labios finos, el mismo cabello crespo, las mismas manos ajenas, abandonadas sobre las faldas, la misma docilidad afectuosa. Mi padre, venerando la enseñanza que había recibido de ellos, cultivaba plantas: era suave con ellas como con sus hijos, les daba remedios y agua, las cubría con lonas en las noches frías, les daba nombres angelicales, y luego, «cuando eran grandes», las vendía con pesar. Acariciaba las hojas como si fueran cabelleras de niño; creo que en sus últimos años les hablaba; por lo menos fue la impresión que tuve. Todo esto irritaba secretamente a mi madre; nunca me lo dijo, pero en el tono de su voz, cuando le oía decir a sus amigas «¡Ahí está Leonardo con sus plantas! ¡Las quiere más que a sus hijos!», yo adivinaba una impaciencia permanente y muda, una impaciencia de mujer celosa. Mi padre era un hombre de mediana estatura, de facciones hermosas y regulares, de tez morena y pelo castaño, de barba casi rubia. De él, sin duda, habré heredado la seriedad, la flexibilidad admirada de mi pelo, la bondad natural del corazón y la paciencia —esa paciencia que parecía casi un defecto, una sordera o un vicio. Mi madre, en su juventud fue bordadora: esa vida sedentaria dejó en ella un fondo como de agua estancada, algo turbio y a la vez tranquilo. Nadie se hamacaba con tanta elegancia en la mecedora, nadie manejaba los géneros con tanto fervor. Ahora, tendrá ya esa afectación perfecta que da la vejez. Yo sólo veo en ella su maternal blancura, la severidad de sus ademanes y la voz: hay voces que se ven y que siguen revelando la expresión de un rostro cuando éste ha perdido su belleza. Gracias a esa voz puedo averiguar todavía si son azules sus ojos o si es alta su frente. De ella habré heredado la blancura de mi tez, la afición a la lectura o a las labores y cierta timidez orgullosa y antipática para aquellos que, aun siendo tímidos, pueden ser o parecer modestos.

Sin alarde puedo decir que hasta los quince años, por lo menos, fui la preferida de la casa por la prioridad de mis años y por ser mujer: circunstancias que no seducen a la mayor parte de los padres, que aman a los varones y a los menores.

Entre los recuerdos más vívidos de mi infancia mencionaré: un perro lanudo, blanco, llamado Jazmín; una virgen de diez centímetros de altura; el retrato al óleo de mi abuelo materno, que ya he mencionado; y una enredadera con flores en forma de campanas, de color anaranjado, llamada Bignonia o Clarín de Guerra.

Vi al perro blanco en una especie de sueño y luego, con insistencia, en la vigilia. Con una soga lo ataba a las sillas, le daba agua y comida, lo acariciaba y lo castigaba, lo hacía ladrar y morder. Esta constancia que tuve con un perro imaginario, desdeñando otros juguetes modestos pero reales, alegró a mis padres. Recuerdo que me señalaban con orgullo, diciéndoles a las visitas: «Vean cómo sabe entretenerse con nada». Con frecuencia me preguntaban por el perro, me pedían que lo trajera a la sala o al comedor, a la hora de las comidas; yo obedecía con entusiasmo. Ellos fingían ver el perro que sólo yo veía; lo alababan o lo mortificaban, para alegrarme o afligirme.

El día en que mis padres recibieron del Neuquén un perro lanudo blanco, enviado por mi tío, nadie dudó que el perro se llamara Jazmín y que mi tío hubiera sido cómplice de mis juegos. Sin embargo mi tío estaba ausente desde hacía más de cinco años. Yo no le escribía (apenas sabía escribir). «Tu tío es adivino», recuerdo que me dijeron mis padres en el momento de mostrarme el perro: «¡Aquí está Jazmín!». Jazmín me reconoció sin asombro; lo besé.

Como un triángulo celeste, con ribetes de oro, la virgen fue formándose, adquiriendo volumen en las distancias de un cielo de junio. Hacía frío aquel año y los vidrios estaban empañados. Con mi pañuelo limpiaba, abría pequeños rectángulos en los vidrios de las ventanas. En uno de esos rectángulos el sol iluminó un manto y una cara colorada, diminuta y redonda, informe, que al principio me pareció sacrílega. La belleza y la santidad eran dos virtudes, para mí, inseparables. Deploré que su rostro no fuera hermoso. Lloré muchas noches tratando de modificarlo. Recuerdo que esta aparición me impresionó más que la del perro, porque en esa época yo tenía alguna tendencia al misticismo. Las iglesias y los santos ejercían una fascinación sobre mi espíritu. Rezaba secretamente a la virgen; le ofrendaba flores; en vasitos de licor, dulces que brillaban; espejitos; agua de Colonia. Encontré una caja de cartón apropiada para su tamaño; con cintas y cortinas la transformé en altar. Al principio, al verme rezar, mi madre sonreía con satisfacción; después, la vehemencia de mi fervor la inquietó. Oí que le decía a mi padre, una noche, junto a mi cama, creyendo que yo dormía: «¡No vaya a volverse una santa! ¡Pobrecita, ella que no molesta a nadie! ¡Ella que es tan buena!». También se inquietó al ver la caja vacía frente a un cúmulo de flores silvestres y de velitas, pensando que mi fervor era el comienzo de una profanación. Quiso regalarme un San Antonio y una Santa Rosa, reliquias que habían pertenecido a su madre. No las acepté; dije que mi virgen estaba toda vestida de celeste y de oro. Indicándole con mis manos el tamaño de la virgen, le expliqué tímidamente que su cara era roja y pequeña, tostada por el sol, sin dulzura, como la cara de una muñeca, pero expresiva como la de un ángel.

Ese mismo verano, en el bazar donde se surtía mi madre, en el escaparate, apareció la virgen: era la Virgen de Luján. No dudé que mi madre la hubiera encargado para mí; tampoco me extrañó que hubiera acertado con exactitud en el tamaño y en el color de la virgen, en la forma de su rostro. Recuerdo que se quejó del precio, porque estaba averiada. La trajo envuelta en un papel de diario.

El retrato de mi abuelo, ese majestuoso adorno de la sala, cautivó mi atención a los nueve años. Detrás de un cortinado rojo, junto al cual se destacaba la efigie, descubrí un mundo aterrador y sombrío. Esos mundos agradan a veces a los niños. Grandes extensiones sonoras y oscuras, como de mármol verde, rotas, heladas, furiosas, altas, en partes como montañas, se estremecían. Junto a ese cuadro sentí frío y gusto a lágrimas en mis labios. En unos corredores de madera, mujeres con el pelo suelto, hombres afligidos, huían en actitudes inmóviles. Una mujer cubierta con una enorme capa, un señor de quien nunca vi el rostro, llevaban de la mano a un niño con un caballito de madera en los brazos. En alguna parte llovía; una alta bandera flameaba al viento. Ese paisaje sin árboles, tan parecido al que podía ver a la caída de la tarde, en las últimas calles de este pueblo —tan parecido y a la vez tan distinto—, me perturbaba. En el sillón, sola, frente al retrato, me desmayé un día de verano. Mi madre contaba que al despertarme pedí agua, con los ojos cerrados; gracias a esa agua que ella me dio, y con la cual refrescó mi frente, me salvé de una muerte inesperadamente prematura.

En el patio de nuestra casa, por primera vez a fines de una primavera, vi la enredadera con flores anaranjadas. Cuando mi madre se sentaba a tejer o a bordar, yo retiraba las ramas (que sólo yo veía) para que no le estorbaran. Yo amaba el color anaranjado de sus pétalos, el nombre bélico (pues tenía la virtud de confundirse con las páginas de historia que estudiaba entonces) y el perfume tenue, como de lluvia, que se desprendía de sus hojas. Un día, mis hermanos, oyéndome pronunciar su nombre, comenzaron a hablar de San Martín y de los granaderos. En interminables tardes, los ademanes que yo hacía para retirar las ramas del rostro de mi madre, para que no le molestaran, parecían dedicados a espantar esas moscas que se quedan agresivamente quietas en un lugar del espacio. Nadie previó la futura enredadera. Una inexplicable timidez me impidió hablar de ella, antes de su llegada.

Mi padre plantó la enredadera en el mismo lugar del patio en donde yo había previsto su forma opulenta y su color. En el mismo lugar en donde se sentaba mi madre (por alguna razón, debido al sol, tal vez, mi madre no pudo sentarse en otro rincón del patio; por alguna razón, la misma, tal vez, la planta no pudo colocarse en otra parte).

Yo era juiciosa y callada; no me alabo: estas virtudes subalternas originan a veces graves defectos. Por atonía o por vanidad, era más estudiosa que mis hermanos; ninguna lección me parecía nueva; me agradaba la quietud que permite el libro; me agradaba, sobre todo, el asombro que causaba mi extraordinaria facilidad para cualquier estudio. No todas mis amigas me querían, y mi compañera favorita era la soledad que me sonreía a la hora del recreo. Leía de noche, a la luz de una vela (mi madre me lo había prohibido porque era malo, no sólo para la vista, sino para la cabeza). Durante un tiempo estudié el piano. La maestra me llamaba «Irene la Afinada» y este sobrenombre, cuyo significado no entendí y que mis compañeras repitieron con ironía, me ofendió. Pensé que mi quietud, mi aparente melancolía, mi pálido rostro, habían inspirado el sobrenombre cruel: «La Finada». Hacer bromas con la muerte me pareció poco serio para una maestra; y un día, llorando, porque ya conocía mi equivocación y mi injusticia, inventé una calumnia contra esa señorita que había querido alabarme. Nadie me creyó, pero ella, en la soledad de la sala, tomándome de la mano, me dijo una tarde: «¡Cómo puede usted repetir cosas tan íntimas, tan desdichadas!». No era un reproche: era el comienzo de una amistad.

Hubiera podido ser feliz; lo fui hasta los quince años. La repentina muerte de mi padre determinó un cambio en mi vida. Mi infancia terminaba. Trataba de pintarme los labios y de usar tacos altos. En la estación los hombres me miraban, y tenía un pretendiente que me esperaba los domingos, a la salida de la iglesia. Era feliz, si es que existe la felicidad. Me complacía en ser grande, en ser hermosa, de una belleza que algunos de mis parientes reprobaban.

Era feliz, pero la repentina muerte de mi padre, como dije anteriormente, determinó un cambio en mi vida. Cuando murió yo tenía preparado, desde hacía tres meses, el vestido de luto, los crespones; ya había llorado por él, en actitudes nobles, reclinada sobre la baranda del balcón. Ya había escrito la fecha de su muerte en una estampa; ya había visitado el cementerio. Todo esto se agravó a causa de la indiferencia que demostré después del entierro. En verdad, después de su muerte no pude recordarlo un solo día. Mi madre, bondadosa como era, nunca me lo perdonó. Aún hoy me mira con esa misma mirada rencorosa que despertó en mí, por primera vez, el deseo de morir. Aún hoy, después de tantos años, no olvida el anticipado vestido de luto, la fecha y el nombre escritos en una estampa, la visita inopinada al cementerio, mi indiferencia por esa muerte en el seno de una familia numerosa y afligida. Algunas personas me miraban con desconfianza. No podía reprimir mis lágrimas al oír ciertas frases sarcásticas y amargas, generalmente acompañadas de una guiñada. (Sólo entonces el olvido me pareció una dicha.) Se dijo que yo estaba poseída por el demonio; que había deseado la muerte de mi padre para usar un vestido de luto y un prendedor de azabache; que lo había envenenado para frecuentar sin restricciones los bailes y la estación. Me sentí culpable de haber desencadenado tanto odio a mi alrededor. Pasé largas noches de insomnio. Logré enfermarme pero no pude morir como lo había deseado.

No se me había ocurrido que yo tuviera un don sobrenatural, pero cuando los seres dejaron de ser milagrosos para mí, me sentí milagrosa para ellos. Ni Jazmín, ni la virgen (que se había roto con sus recuerdos) existían. Me esperaba el porvenir austero: se alejaba la infancia.

Me creí culpable de la muerte de mi padre. Lo había matado al imaginarlo muerto. Otras personas no tenían ese poder.

Culpable y desdichada, me sentí capaz de infinitas felicidades futuras que únicamente yo podía inventar. Tenía proyectos para ser feliz: mis visiones debían ser agradables; debía ser cuidadosa con mis pensamientos, tratar de evitar las ideas tristes, inventar un mundo afortunado. Era responsable de todo lo que sucedía. Trataba de eludir las imágenes de las sequías, de las inundaciones, de la pobreza, de las enfermedades de la gente de mi casa y de mis conocidos.

Durante un tiempo ese método pareció eficaz. Muy pronto comprendí que mis propósitos eran tan vanos como pueriles. En la puerta de un almacén tuve que presenciar la pelea de dos hombres. No quise ver el cuchillo secreto, no quise ver la sangre. La lucha parecía un abrazo desesperado. Se me antojó que la agonía de uno de ellos y el terror anhelante del otro eran la final reconciliación. Sin poder borrar un instante la imagen atroz, tuve que presenciar la nítida muerte, la sangre que a los pocos días se mezcló con la tierra de la calle.

Traté de analizar el proceso, la forma en que se desarrollaban mis pensamientos. Mis previsiones eran involuntarias. No era difícil reconocerlas; se presentaban acompañadas de ciertos signos inconfundibles, siempre los mismos: una brisa leve, una brumosa cortina, una música que no puedo cantar, una puerta de madera labrada, una frialdad en las manos, una pequeña estatua de bronce en un remoto jardín. Era inútil que tratara de evitar estas imágenes: en las heladas regiones del porvenir la realidad es imperiosa.

Comprendí, entonces, que perder el don de recordar es una de las mayores desdichas, pues los acontecimientos, que pueden ser infinitos en el recuerdo de los seres normales, son brevísimos y casi inexistentes para quien los prevé y solamente los vive. El que no conoce su destino inventa y enriquece su vida con la esperanza de un porvenir que no sobreviene nunca: ese destino imaginado, anterior al verdadero, en cierto modo existe y es tan necesario como el otro.

Las mentiras que dijeron mis amigas me parecieron a veces más ciertas que las verdades. He visto expresiones de beatitud en personas que vivían de esperanzas defraudadas. Creo que esa falta esencial de recuerdos, en mi caso, no provenía de una falta de memoria: creo que mi pensamiento, ocupado en adivinar el futuro, tan lleno de imágenes, no podía demorarse en el pasado.

Asomada a los balcones, veía pasar con caras de hombres a los niños que iban al colegio. De ahí mi timidez ante los niños. Veía las futuras tardes con sus diálogos, sus nubes rosadas o lilas, sus nacimientos, sus terribles tormentas, las ambiciones, las crueldades ineludibles de los hombres con los hombres y con los animales.

Ahora comprendo hasta qué punto los acontecimientos alcanzaron a ser como últimos recuerdos para mí. Con cuánta desventaja reemplazaron los recuerdos. Por ejemplo: si yo no tuviera que morir, esta rosa en mi mano, este momento, no me dejarían recuerdos, los habría perdido para siempre entre un tumulto de visiones de un destino futuro.

Recatada en las sombras de los patios, en los zaguanes, en el atrio helado de la iglesia, reflexionaba con devoción. Trataba de apoderarme de los recuerdos de mis amigas, de mis hermanos, de mi madre (porque eran más extensos). Fue entonces que la visión conmovedora de una frente, luego, de unos ojos, luego, de un rostro, me acompañaron, me persiguieron, formaron mi anhelo. Muchos días, muchas noches, tardó ese rostro en formarse. Esto es verdad: tuve el deseo ardiente de ser una santa. Quise con vehemencia que ese rostro fuera el de Dios o el de un niño Jesús. En la iglesia, en las estampas, en los libros y en las medallas busqué aquel rostro adorable: no quise encontrarlo en otra parte, no quise que ese rostro fuera humano, ni actual, ni cierto.

Pienso que a nadie le habrá costado tanto reconocer las amenazas del amor. ¡Oh deslumbrados llantos de mi adolescencia! Sólo ahora puedo recordar el tenue y penetrante perfume de las rosas que Gabriel, mirándome en los ojos, me regalaba al salir del colegio. Esa presciencia hubiera durado toda una vida. En vano traté de postergar mi encuentro con Gabriel. Preveía ya la separación, la ausencia, el olvido. En vano traté de evitar las horas, los senderos, los lugares propicios a su encuentro. Esa presciencia hubiera podido durar toda una vida. Pero el destino puso en mis manos las rosas y, ante mis ojos, sin asombro, al verdadero Gabriel. Inútiles fueron mis lágrimas. Inútilmente copié las rosas en papel, escribí nombres, fechas en los pétalos: una rosa podrá ser perpetuamente invisible en un rosal, frente a nuestra ventana, o en una mano enamorada que nos la ofrece; sólo el recuerdo la conservará intacta, con su perfume, su color y la devoción de las manos que la ofrecieron.

Gabriel jugaba con mis hermanos, pero cuando yo aparecía con un libro o con mi bolsa de labores y me sentaba en una silla del patio, dejaba sus juegos para ofrecerme el homenaje de su silencio. Pocos niños fueron tan sagaces. Con pétalos de flores, con hojas, construía pequeños aeroplanos. Cazaba luciérnagas y murciélagos; los amaestraba. De tanto observar los movimientos de mis manos había aprendido a hacer labores. Bordaba sin ruborizarse; los arquitectos hacían planos de casas; él, cuando bordaba, hacía planos de jardines. Me amaba: en la noche, en el patio oscurecido de mi casa, yo sentía crecer, con la naturalidad de una planta, su amor involuntario.

¡Ah, cómo esperé penetrar, sin saberlo, en el claustral recuerdo de esos momentos! Con qué anhelo, sin saberlo, esperé la muerte, única depositaria de mis recuerdos. Una fragancia hipnótica, un murmullo de eternas hojas, en los árboles, acude para guiarme por los senderos tan olvidados de aquel amor. A veces un acontecimiento que me parecía laberíntico, lento en desarrollarse, casi infinito, cabe en dos palabras. Mi nombre, escrito en tinta verde o con un alfiler, en su brazo, que ocupó seis meses de mi vida, ocupa ahora una sola palabra. ¿Qué es estar enamorado? Durante años se lo pregunté a la maestra de piano y a mis amigas. ¿Qué es estar enamorado? Recordar, en la complicación de otros espacios, una palabra, una mirada; multiplicarlas, dividirlas, transformarlas (como si nos desagradaran), compararlas, sin tregua. ¿Qué es un rostro amado? Un rostro que nunca es el mismo, un rostro que se transforma infinitamente, un rostro que nos defrauda...

Silencio de claustros y de rosas había en nuestro corazón. Nadie pudo adivinar el misterio que nos unía. Ni aquellos lápices de colores, ni las pastillas de goma, ni las flores que me regaló, nos delataron. Grababa mi nombre en los troncos de los árboles, con su cortaplumas, y durante las penitencias lo escribía con tiza, en la pared.

—Cuando me muera le regalaré todos los días bombones y escribiré su nombre en todos los troncos de árboles del cielo —me dijo un día.

—¿Cómo sabes que iremos al cielo? —le respondí—. ¿Cómo sabes que en el cielo hay árboles y cortaplumas? ¿Acaso Dios te permitirá recordarme? ¿Acaso en el cielo te llamarás Gabriel y yo Irene? ¿Tendremos el mismo rostro y nos reconoceremos?

—Tendremos el mismo rostro. Y si no lo tuviéramos, también nos reconoceríamos. Aquel día de carnaval, cuando usted se vistió de estrella y hablaba con una voz de hielo, la reconocí. Con los ojos cerrados, después la he visto muchas veces.

—Me has visto cuando no estaba. Me has visto en tu imaginación.

—La he visto cuando jugábamos a los heridos. Cuando yo era el herido y me vendaban los ojos, adivinaba su llegada.

—Porque yo era la enfermera, y tenía que llegar. Veías por debajo de la venda: hacías trampa. Fuiste siempre tramposo.

—Sin trampa la reconocería en el cielo. Disfrazada la reconocería, con los ojos vendados la vería llegar.

—¿Entonces crees que no habrá diferencias entre este mundo y el cielo?

—Nos faltará lo que aquí nos incomoda: parte de la familia, las horas de acostarse, algunas penitencias y los momentos en que no la veo.

—Tal vez sea mejor el infierno que el cielo —me dijo otro día—, porque el infierno es más peligroso y me gusta sufrir por usted. Vivir entre llamas, por su culpa, salvarla continuamente de los demonios y del fuego, sería para mí una dicha.

—¿Pero quieres morir en pecado mortal?

—¿Por qué mortal y no inmortal? Nadie olvida a mi tío: cometió un pecado mortal y no le dieron la extremaunción. Mi madre me dijo: «Es un héroe; no escuches los comentarios de la gente».

—¿Por qué piensas en la muerte? Generalmente los jóvenes evitan esas conversaciones tristes y desfavorables —protesté un día—. Pareces un viejo en este momento. Mírate en un espejo.

No había ningún espejo cerca. Se miró en mis ojos.

—No parezco un viejo. Los viejos se peinan de otro modo. Pero soy grande ya, y conozco la muerte —me contestó—. La muerte se parece a la ausencia. El mes pasado, cuando mi madre me llevó por dos semanas al Azul, mi corazón se detenía, y en mis venas, en lugar de sangre, tristemente sentí correr un agua fría. Pronto tendré que irme más lejos y por un tiempo indeterminado. Me reconforta imaginar algo más fácil: la muerte o la guerra.

A veces mentía para conmoverme:

—Estoy enfermo. Anoche me desmayé en la calle.

Si le reprochaba sus mentiras, me contestaba:

—Sólo se miente a la gente que uno quiere: la verdad induce a muchos errores.

—Nunca me olvidaré de ti, Gabriel. —El día en que le dije esa frase, ya lo había olvidado.

Sin aflicciones, sin llantos, ya acostumbrada a su ausencia, me alejé de él, antes que se fuera. Un tren lo arrancó de mi lado. Otras visiones me separaban ya de su rostro, otros amores; despedidas menos conmovedoras. A través de un vidrio, en la ventanilla del tren, vi su último rostro, enamorado y triste borrado por las imágenes superpuestas de mi vida futura.

No fue por falta de entretenimientos que mi vida se tornó melancólica. Alguna vez confundí mi destino con el destino de la protagonista de una novela. Debo confesarlo: confundí la prevista cara de una lámina con una cara verdadera. Esperé algunos diálogos que después leí en un libro, en una ciudad desconocida, en el año 1890. No me asombraba la anticuada vestimenta de los personajes. «Cómo van a cambiar las modas», pensaba con indiferencia. La figura de un rey, que no parecía un rey, porque sólo mostraba la cabeza en una lámina de un libro de historia, en las penumbras de otoño me dedicaba sus miradas afectuosas. Antes, los textos de los libros y sus personajes no se me habían aparecido como futuras realidades; es cierto que hasta entonces no había tenido la oportunidad de ver tantos libros. Los libros de uno de mis abuelos estaban relegados al último cuarto de la casa; atados con piolines, envueltos en telarañas, los vi cuando mi madre decidió venderlos. Durante varios días los revisamos pasándoles trapos y plumeros, pegándoles las hojas rotas. Yo leía en los momentos de soledad.

Alejada de Gabriel, comprendí milagrosamente que sólo la muerte me haría recuperar su recuerdo. La tarde que no me perturbaran otras visiones, otras imágenes, otro porvenir, sería la tarde de mi muerte y yo sabía que la esperaría con esta rosa en la mano. Sabía que el mantel que iba a bordar durante meses, con margaritas celestes y nomeolvides rosados, con guirnaldas de glicinas amarillas y una glorieta entre palmas, se estrenaría en la noche de mi velorio. Sabía que ese mantel iba a ser alabado por las visitas que me habían hecho llorar diez años antes. Oí las voces, un coro de voces femeninas, repitiendo mi nombre, gastándolo con adjetivos tristes: «¡Pobre Irene!», «¡desdichada Irene!» y luego otros nombres que no eran de personas, nombres de masitas, nombres de plantas, proferidos con doliente admiración:

«¡Qué deliciosas palmeras!», «¡qué magdalenas!». Pero con la misma tristeza, y con insistencia de salmo, el coro repetía:

«¡Pobre Irene!».

¡Oh esplendores falsos de la muerte! El sol ilumina el mismo mundo. Nada ha cambiado cuando todo ha cambiado para un solo ser. Moisés previó su muerte. ¿Quién era Moisés? Yo creía que nadie había previsto su propia muerte. Yo creía que Irene Andrade, esta modesta argentina, había sido el único ser en el mundo capaz de describir su muerte antes de su muerte.

Viví esperando ese límite de vida que me acercaría al recuerdo. Tuve que tolerar infinitos momentos. Tuve que amar las mañanas como si fueran definitivas, tuve que amar algunas sombras de la plaza, en los ojos de Armindo, tuve que enfermarme de fiebre tifus y hacerme cortar el pelo. Conocí a Teresa, a Benigno; conocí el Manantial de los Amores, el Centinela en Tandil. En Monte, en la estación, tomé té con leche, con mi madre, después de visitar a una señora que era maestra de labores y de tejidos. Frente al Hotel del Jardín vi la agonía de un caballo que parecía de barro (las moscas y un hombre con un látigo lo vejaban). No llegué nunca a Buenos Aires: una fatalidad impidió ese proyectado viaje. No vi perfilarse el oscuro tren, en Constitución. Ya no lo veré. Tendré que morir sin ver los jardines de Palermo, la plaza de Mayo iluminada y el teatro Colón con sus palcos y sus artistas desesperados cantando con una mano sobre el pecho.

Contra un fondo melancólico de árboles consentí que me fotografiaran con un hermoso peinado alto, con los guantes puestos y un sombrero de paja adornado con guindas rojas, tan estropeadas que parecían naturales.

Cumplí los últimos episodios de mi destino con lentitud. Confesaré que me equivoqué de modo extraño al prever mi fotografía: aunque la encontré parecida, no reconocí mi imagen. Me indigné contra esa mujer que, sin sobrellevar mis imperfecciones, había usurpado mis ojos, la postura de mis manos y el óvalo cuidadoso de mi cara.

Para los que recuerdan, el tiempo no es demasiado largo. Para los que esperan es inexorable.

«En un pueblo todo se termina pronto. Ya no habrá casas ni personas nuevas que conocer», pensaba para consolarme. «Aquí llega más pronto la muerte. Si hubiera nacido en Buenos Aires, interminable hubiera sido mi vida, interminables mis penas.»

Recuerdo la soledad de las tardes cuando me sentaba en la plaza. ¿Hería la luz mis ojos para que no fuera de tristeza que llorara? «Tiene treinta años y todavía no se ha casado», decían algunas miradas. «¿Qué espera —decían otras—, sentada aquí en la plaza? ¿Por qué no trae sus labores? Nadie la quiere, ni sus hermanos. A los quince años mató a su padre. El diablo se apoderó de ella, quién sabe en qué forma.»

Estas pobres y monótonas previsiones del futuro me deprimieron, pero yo sabía que en esa región enrarecida de mi vida, ahí donde no había amor, ni rostros, ni objetos nuevos, donde ya nada sucedía, empezaba el final de mi tormento y el principio de mi dicha. Trémula me acercaba al pasado.

Un frío de estatua se apoderó de mis manos. Un velo me separaba de las casas, me alejaba de las plantas y de las personas: sin embargo por primera vez las veía dibujadas con claridad, con todos sus detalles, minuciosamente.

Una tarde de enero, yo estaba sentada junto a la fuente de la plaza, en un banco. Recuerdo el calor sofocante del día y la frescura inusitada que trajo la puesta del sol. En alguna parte, seguramente, había llovido. Tenía la cabeza reclinada en mi mano; tenía en la mano un pañuelo: actitud melancólica, que a veces inspira el calor, y que en aquel momento parecía inspirada por la tristeza. Alguien se sentó a mi lado. Éste fue nuestro diálogo:

—Perdone mi atrevimiento. Por falta de tiempo desdeño los preámbulos de la amistad. Yo no vivo en este pueblo; la casualidad me trae de vez en cuando. Aunque vuelva a sentarme en esta plaza, no es probable que nuestra entrevista se repita. Tal vez no vuelva a verla, ni en el balcón de una casa, ni en una tienda, ni en el andén de la estación, ni en la calle, pero quisiera conocer su nombre.

—Me llamo Irene —repuse—, Irene Andrade.

—¿Usted ha nacido aquí?

—Sí, he nacido y moriré en el pueblo.

—Nunca se me ocurrió la idea de morir en un lugar determinado, por triste o por encantador que fuera. Nunca pensé en mi muerte como cosa posible.

—Yo no he elegido este pueblo para morir en él. El destino designa lugares y fechas, sin consultarnos.

—El destino resuelve las cosas y no las participa. ¿Cómo sabe usted que va a morir en este pueblo? Usted es joven y no parece enferma. Uno piensa en la muerte cuando uno está triste. ¿Por qué está triste?

—No estoy triste. No tengo miedo de morir y nunca me ha defraudado el destino. Éstas son mis últimas tardes, estas nubes rosadas serán las últimas, con sus formas de santos, de casas, de leones. Su cara será la última cara nueva; su voz la última que oigo.

—¿Qué le ha sucedido?

—Nada me ha sucedido y felizmente pocas cosas han de sucederme. No tengo curiosidades. No quiero conocer su nombre, no quiero mirarla: las cosas nuevas me perturban, retardan mi muerte.

—¿Nunca ha sido feliz? ¿No son esperanzas ciertos recuerdos?

—No tengo recuerdos. Los ángeles me traerán todos mis recuerdos el día de mi muerte. Los querubines me traerán las formas de los rostros. Me traerán todos los peinados y las cintas, todas las posturas de los brazos, las formas de las manos del pasado. Los serafines me traerán el sabor, la sonoridad y la fragancia, las flores regaladas, los paisajes. Los arcángeles me traerán los diálogos y las despedidas, la luz, el silencio conciliador.

—¡Irene, me parece que la conozco desde hace mucho tiempo! He visto su rostro en alguna parte, tal vez en una fotografía, con un peinado alto, con cintas de terciopelo y un sombrero con guindas. ¿No existe una fotografía suya, con un fondo melancólico de árboles? Su padre ¿no vendía plantas hace tiempo? ¿Por qué quiere morirse? No baje los ojos. ¿No admite la belleza del mundo? Usted desea morir porque en las despedidas todo se vuelve más definitivo y hermoso.

—Para mí la muerte será una llegada y no una despedida.

—Llegar no es tan agradable. Hay personas que ni al cielo llegarían con alegría. Hay que habituarse a los rostros, a los lugares más deseados. Hay que acostumbrarse a las voces, a los sueños, a la dulzura del campo.

—A ningún lugar llegaría por primera vez. Yo reconozco todo. Hasta el cielo a veces me inspira temor. ¡El temor de sus imágenes, el temor de reconocerlo!

—Irene Andrade, yo quisiera escribir su vida.

—¡Ah! Si usted me ayudase a defraudar el destino no escribiendo mi vida, qué favor me haría. Pero la escribirá. Ya veo las páginas, la letra clara, y mi triste destino. Comenzará así:

Ni a las iluminaciones del veinticinco de Mayo, en Buenos Aires, con bombitas de luz en las fuentes y en los escudos, ni a las liquidaciones de las grandes tiendas con serpentinas verdes, ni al día de mi cumpleaños, ansié llegar con tanto fervor como a este momento de dicha sobrenatural.

Desde mi infancia fui pálida como ahora...

APÉNDICE

El impostor
[Argumento cinematográfico]

Vemos un paisaje apacible en la llanura de la provincia de Buenos Aires; luego, vemos aproximarse un muchacho hacia la cámara. Vemos su cara detalladamente; es la cara (hermosa, si es posible) de un muchacho que figurará más tarde bajo el nombre de Armando Heredia. Paulatinamente esta cara se transformará en la de Luis Maidana que, arreglando distraídamente su corbata, se mira reflejado en el espejo de un escaparate en un subterráneo. Luego, se transforma de nuevo en la de Heredia y de nuevo en el joven estudiante Luis Maidana. Con una pequeña valija y algunos libros, sube por la escalera mecánica del subterráneo. Llega a la estación Constitución donde consulta el itinerario de los trenes. Parece irresoluto. Enciende un cigarrillo y lo tira. Se aproxima a una cabina telefónica y marca un número. De sus palabras se deduce que se ha arrepentido del viaje, que pretende volver a su casa porque no quiere ir a una estancia desconocida donde se encontrará con un muchacho desconocido, que acepta finalmente ir porque se lo han pedido pero que lo hace de mala gana y por hacer un gusto tal vez a sus padres. Luis Maidana sale de la cabina y se aproxima al tren; el cordón de un zapato se le desata. Se agacha para atarlo entre los empujones de la gente. Sube al tren. Hace un calor sofocante. Abre la ventanilla. En el asiento contiguo se sientan una señora y una muchacha melancólica. El tren se pone en marcha. Un hombre toca el acordeón. La señora lleva una enorme canasta y saca paquetes con masitas y frutas abrillantadas. De su cartera saca un enorme alfiler de gancho con el cual pincha las frutas para comerlas. La muchacha, inmóvil, mira todas estas cosas con indiferencia sublime. La señora le reprocha su inapetencia. Luis Maidana la contempla con curiosidad. La señora ofrece a Luis Maidana algunas frutas. Éste, visiblemente intimidado, acepta. La señora le hace una serie de preguntas. Del diálogo se deduce que la estancia «Los Cisnes», donde Luis Maidana va a pasar unos días, es una estancia abandonada; que Armando Heredia es un muchacho loco; que para hacer sufrir a sus padres se ha ido a vivir allí solo; que su crueldad es conocida; que cegó un caballo blanco quemándole los ojos con cigarrillos porque no le obedecía; que la casa está cubierta de telarañas y que es la morada de los cardos, de los sapos y de los murciélagos. La muchacha finge estar dormida, pero observa a su tía entreabriendo de vez en cuando un ojo.

Sobreviene la noche en tonalidades azules intensas. El diálogo, interrumpido por un pequeño sopor, continúa. La señora hace notar que María no ha dicho una palabra. En un susurro inesperado María dice «chocolate por la noticia». El tren se detiene en la estación. Bajan la señora, la muchacha y Luis Maidana, que es acogido por un peoncito llamado Eladio Esquivel. Suben a una volanta. Del diálogo se deduce que el campo está arrendado, que nadie quiso vivir en esa casa desde hace tiempo. Bajo la luna desfilan los campos con sus animales. Llegan a la estancia. Un ladrido de perros suena en el monte. La casa es larga, antigua y lúgubre. Dos largos corredores la rodean. Unas lámparas de kerosene, trémulas, iluminan las enredaderas profusas de la casa. Al aproximarse a la puerta de entrada, Luis Maidana, sobrecogido, ve a Armando Heredia. Se saludan con fingida naturalidad. Armando Heredia es silencioso y tranquilo. Luis Maidana es nervioso y conversador. Armando Heredia, después de convidar a Luis Maidana con una taza de café, lo hace pasar a la cocina donde la casera está tejiendo, junto a un ruidoso aparato de radio, una esclavina. Lo acompaña a su cuarto explicándole la antigüedad de la casa, enumerando las goteras, las caras diabólicas de los armarios y de los muebles. Luis Maidana habla de la señora y de la muchacha (tan misteriosa) que venían en el tren.

A medianoche se oyen los golpes de una puerta. Luis Maidana no puede dormir. Se levanta a buscar agua y para cerrar la puerta que se está golpeando. Temeroso, sale de su cuarto. La luna entra por los vidrios de las ventanas. Maidana recorre los cuartos sin encontrar la puerta cuyos golpes le molestan. En la semioscuridad de la casa se pierde. Entra en la cocina donde el fuego está todavía encendido; a la despensa que está atestada de objetos heterogéneos y horribles; a un altillo donde ve a un hombre de pie junto al biombo floreado. Tarda unos instantes en advertir que el hombre es una mera estatua de bronce. Baja del altillo y se aproxima al comedor donde saca de un plato una manzana que comienza a comer cuando se acuesta de nuevo en la cama.

A la mañana siguiente un sol radiante ilumina la ventana del dormitorio. Luis Maidana sale de su cuarto silbando. No encuentra a nadie. Los caseros que vio la noche anterior no están. Tampoco ve al peoncito ni a Heredia. Entra en el galpón: no hay ningún caballo. Estas imágenes deben sugerir una gran desolación. Toma el primer camino que se le presenta. En un rodeo encuentra a Eladio Esquivel que está apoyado contra un alambrado, con una bolsa. Maidana le pregunta por Heredia, Eladio contesta evasivamente. Maidana vuelve a preguntar por Heredia y Eladio vuelve a contestar evasivamente. Se encaminan hacia el corral. Eladio ofrece a Maidana un caballo. Siguen caminando; cruzan un pequeño monte y llegan al corral. El diálogo se hace difícil. Vemos un caballo blanco, que se aproxima. Maidana advierte que es el caballo ciego. Pregunta a Esquivel cómo quedó ciego. Esquivel contesta evasivamente, como es su costumbre.

A Esquivel se le cae de la bolsa abierta una careta, paquetes de fideos y cajas rotas de fósforos. Maidana pregunta a Esquivel para quién ha comprado la careta. Esquivel juntando fósforos contesta que la va a usar la noche del baile de carnaval. Maidana le pregunta si frecuenta bailes. Esquivel contesta que no, pero que hay uno esa noche en el pueblo. Maidana se prueba la careta y en ese momento llega Heredia. Heredia pregunta a los muchachos si ya se preparan para el baile. Le dice a Maidana que tal vez encuentre la oportunidad de ver a la muchacha que viajaba en el tren. Maidana protesta; explica que su interés por la muchacha es moderado. Hablan de la reencarnación. Maidana asegura que en otra vida conoció a Eladio Esquivel. Cita algunos párrafos relacionados con el dogma de la filosofía hindú y otras frases de filósofos griegos.

El almacén del pueblo donde vive María es grande y oscuro; aparece detrás de una nube de polvo que levanta una tropilla de caballos al pasar. Detrás del mostrador el almacenero habla con un curandero. Hablan de una enferma, de sus dolencias, de los medios que podrían curarla. El almacenero habla de las buenas comidas que hay en su casa, de la alegría de ver pasar siempre el tren de mediodía, de la iglesia nueva que han construido. El curandero opina que el estómago caído equivale a perder la vista, el apetito y el oído. Ningún placer se aprecia cuando se es víctima de ese mal. Se oye el silbido y la trepidación de un tren. Se ve la cara de una muchacha angustiada. Después se ve el cuarto donde está la muchacha que suspira. Se oye un golpe en el vidrio de la ventana. María abre la ventana. Entra una muchacha delgada y tímida, con un paquete en los brazos. Hace señas a María para que no haga ruido. Abre el paquete y saca un horrible vestido de fantasía. Del diálogo de las dos muchachas se deduce que pronto tendrá lugar un baile de carnaval; que María está enamorada de Heredia; que el almacenero no permite que María vaya al baile porque está enferma; que la amiga la induce a ir con ella y le aconseja cómo será el vestido que tendrá que llevar. Las muchachas se miran en un espejo gastado, luego entreabren la puerta para ver si el padre está todavía con el curandero y saltan por la ventana. Frente a una vidriera se detienen a mirar las caretas, las cajas de pomos, etc. Entran en la tienda mientras el padre busca a María. Por el vidrio del escaparate se le ve pasar con el curandero, detenerse y entrar. María, que está probándose una careta, se queda inmóvil frente a su padre que la interpela. El diálogo demuestra la incompatibilidad de los personajes, la belicosa tristeza de la muchacha, la apasionada insensibilidad del padre, la hipocresía prudente de la amiga que sale corriendo, el misticismo incorruptible del curandero que pretende no tener que molestar a María, con su presencia, para curarla totalmente de su mal.

Aparece Eladio Esquivel con la careta puesta, junto a un poste, atando un coche. Armando Heredia y Luis Maidana vienen caminando, sin disfraz. Se oye música. Entran al baile. Unos chicos piden cigarrillos. Las muchachas bailan entre ellas. María baila con su amiga. Un viejo borracho relata la leyenda del pueblo de Cacharí, haciendo la mímica de la escena: «Cacharí era un cacique temible. Cerca del pueblo lo mató el ejército hace un siglo. Cayó herido, y durante tres noches y tres días gritó "Cacharí, Cacharí. Aquí está Cacharí". Nadie se atrevió a acercarse al lugar donde el indio yacía moribundo. Dicen que aún hoy, cuando sopla el viento a medianoche, en invierno, se oye el grito desolador de ¡Cacharí!». Luis Maidana y Armando Heredia se acercan a María. Armando Heredia los presenta. En el momento en que María va a salir a bailar con Heredia, éste se excusa y cede su lugar a Maidana. En vano Luis Maidana trata de iniciar un diálogo. Pregunta a la muchacha si es cierto el cuento del borracho y dónde queda Cacharí; si hace mucho tiempo que conoce a Heredia; si le gusta bailar. María, después de consultar su reloj, le dice que tiene que irse y no acepta que Maidana la acompañe. Éste queda solo, mirando la concurrencia. Se oyen dos detonaciones. La gente se amontona. Entra Heredia y dice que tuvo que matar a un perro rabioso. El borracho dice: «La tradición de la mentira en los Heredia se mantiene». Heredia le contesta que la vejez sería oprobiosa si no estuviera acompañada de una borrachera. Afuera un chico está mirando el perro muerto. Se acercan otros chicos y también Eladio Esquivel. Resuelven enterrarlo. Uno de ellos va en busca de una pala. Encuentra un atado de cigarrillos sobre el mostrador del bar. Vuelve fumando, arrastrando la pala y con el paquete escondido en un bolsillo. Discuten dónde van a enterrar al perro y resuelven llevarlo al cementerio. El dueño del perro prefiere esperar a Heredia para romperle la cabeza con un ladrillo. Uno de los chicos dice que hay que romper la cara de los perros antes de enterrarlos y otro descubre el atado de cigarrillos en el bolsillo del compañero y quiere quitárselo. En ese momento salen Heredia y Maidana. Todos los chicos se esconden detrás de una pared, salvo Eladio Esquivel que sube a la volanta detrás de Maidana y de Heredia. Uno de los chicos da un ladrillo al dueño del perro. Se oye el golpe del ladrillo contra la rueda. Otro chico le dice al dueño del perro: «Cobarde; le apuntaste a la rueda». El chico llora. En la volanta Luis Maidana pregunta a Armando Heredia si siempre usa revólver. Armando Heredia contesta que siempre ha pensado que tendrá que matar a alguien. Maidana pregunta si ya ha encontrado el candidato. Armando Heredia se ríe y contesta que sólo ha matado a un perro que estaba rabioso.

A la mañana siguiente. Se ven las aspas del molino, inmóviles. Los caseros están mirando el molino. Aparece Eladio Esquivel con una bolsa. Le preguntan si fue al pueblo. Dice que trae la correspondencia. Heredia está afeitándose frente al espejo de un lavatorio. El agua deja de correr y Heredia interrumpe la operación. Eladio Esquivel entrega una carta a Luis Maidana que está en su habitación.

Maidana se pone a leer la carta; se da vuelta y ve los pies de alguien que lo está mirando. Es Heredia que está limpiándose el jabón y dice con aire muy serio: «Nos hemos quedado sin agua». Luis Maidana lo mira sin contestar. Heredia lo conmina a seguir leyendo la carta. Le dice que las cartas de su padre suelen ser divertidas. Heredia se va. Pasa por la cocina. Se encuentra con Eladio Esquivel. Eladio le dice que lo verá mañana y que no volverá hasta la noche. Luis Maidana, solo nuevamente, baja la mirada. Lee la carta. Se ve el párrafo final: «Y le repito que procure ser prudente. Mi hijo es un muchacho muy raro y si sospechara que usted ha ido para observarlo, nuestros propósitos quedarían frustrados. Espero carta suya».

Heredia entra en el almacén para hablar por teléfono. Pide un número. Junto al mostrador hay dos borrachos y en un rincón María está sentada con los pies desnudos, sobre unas bolsas. Al ver que nadie se ocupa de ella, trata de hacerse notar. Heredia acepta y le reprocha haber atendido mal a su amigo. María, con inocencia, pregunta si debía atenderlo mejor. Suena el teléfono y ella se adelanta y sin salir de la cabina tiende el tubo a Heredia. Éste al entrar a la cabina roza a María. Se miran en los ojos. Heredia habla con el padre: protesta por el emisario que le han mandado. Sale de la cabina y busca a María; no la encuentra. (Los dos borrachos siguen de pie junto al mostrador.) Se oye la música de un piano. Sale afuera y la ve sentada sobre la tranquera. Se acerca. Se apoya contra la tranquera y le habla. Después de un breve diálogo en el que subrepticiamente María le habla del color de los ojos del amigo, le pregunta por qué es tan contradictorio. Heredia le contesta que ella lo sabe demasiado bien. María dice que tiene que irse. Heredia no suelta la tranquera y la abraza cuando ella se baja; le da una cita en la estación para el día siguiente a las cinco. María le pregunta con sorna si va a ir solo.

Llega Maidana a la estación. Son las cinco de la tarde. Anuncia que Heredia no ha podido ir. María quiere irse. Maidana protesta y le pregunta por qué le huye. Pasa un tren. La cara de María expresa una gran angustia. María se refugia en sus brazos, llorando, y le pregunta si es amigo de Heredia. Luis Maidana le pregunta qué le pasa y ella contesta que no sabe, que no se siente bien. A lo largo de un diálogo y un desapacible paseo notamos que Maidana y María comienzan a sentirse unidos. Maidana acompaña a María a su casa, a pesar de sus protestas. Se oye la música de la escena anterior. María se detiene en la puerta y le dice que no puede soportar esa música. Le cuenta que hace cinco años, frente a su casa, vivía un médico polaco con una hija llamada María. La hija del médico no salía durante las horas de sol, porque era muy rubia. Salía de noche. (*Racconto*.) Decían que bailaba, encerrada en su cuarto, pero en realidad se preparaba para morir. En una oportunidad mientras el médico atendía a su tía, la espió por la cerradura de la llave. Sintió un gran furor al verla anudar y desanudar los brazos frente al espejo. Poco tiempo después supo que había muerto y la noticia la llenó de celos. Maidana pregunta a María si Heredia conocía a la muchacha. María permanece callada un largo momento y contesta que ése fue siempre un misterio que no pudo aclarar.

Aparecen dos caballos galopando. Dos jinetes están arriando las majadas de ovejas que se aproximan al bañadero y que entran a un brete. Heredia y Maidana vienen acercándose por el lado opuesto. Heredia pregunta cómo le fue en la cita del día anterior. Maidana le dice que María está muy triste. Heredia confiesa que quiere a otra mujer.

Cuatro señoras sentadas en un patio de piso de tierra conversan. Una de las señoras acaba de relatar una historia de la cual sólo se oye el final. En ese momento oyen golpear las manos. La dueña de la casa (tía de María) se asoma y hace entrar a Esquivel que pregunta por María para darle un mensaje de parte de la casera de la estancia. La tía dice que María está matando pollos en el fondo, que siempre le pide matarlos, cuando lo necesita, porque ella no tiene valor de hacerlo. Llaman a María. Se oye la voz de María que contesta. La tía comienza a hacer preguntas a Esquivel sobre la estancia, alabando a sus dueños. Esquivel al principio no contesta, luego, acosado por las preguntas de las otras mujeres, se vuelve locuaz. Habla de la llegada de Maidana; dice que Maidana parece un actor; que habla de la reencarnación. Una de ellas da una explicación pintoresca que provoca gran hilaridad. Se oye el cacareo de las gallinas. El calor parece sofocante: una de las mujeres se abanica con una pantalla; otra, la más bonita, se alisa el peinado: otra se enjuaga la frente con un pañuelo, otra se hamaca en una mecedora y suspira. Eladio Esquivel, apoyado contra la pared, relata las conversaciones que oyó entre Heredia y Maidana. Cuenta que una vez les oyó hablar de los sueños: Heredia sostenía que él nunca soñaba, y Maidana que en sus sueños veía siempre personas y lugares que no conocía. Las señoras se miran sorprendidas. La mayoría opina que la lectura los obsesiona. Eladio Esquivel, al oír el tren de las once, dice que tiene que irse. La tía vuelve a llamar a María y hace pasar a Eladio al fondo del terreno. María está muy desarreglada, bajo la sombra de una higuera. Eladio se acerca lentamente, con la boina en la mano, y le dice, mirando hacia todos lados como si temiera ser oído, que Armando Heredia le manda a decir que mire bien los ojos de Maidana porque no son del color que ella cree. María, que está lavándose las manos en una palangana, le pregunta qué quiere decir. Eladio le contesta que ella ha de saberlo. María se enfurece y, mientras se mira en un pequeño espejo que cuelga de la pared, le dice que se vaya y que no vuelva a presentarse ante ella.

Vemos a Luis Maidana dándose vuelta mirando la cámara. La casera le anuncia que está enfriándose la sopa. Luis Maidana se asombra de que sirva el almuerzo tan temprano. La casera le dice que Heredia se lo ha pedido. Vemos que Maidana estaba estudiando, tirado en el suelo, debajo de un árbol. Vemos a Armando Heredia sentado frente a la mesa, tomando sopa y leyendo un diario. Un perro está sentado a sus pies. Entra Luis Maidana con el libro. Heredia no deja el diario. Maidana demuestra su asombro por lo temprano que almuerzan ese día. A su vez, Heredia se asombra de que Luis Maidana esté estudiando. Frente al asiento que ocupa Maidana, en la pared, hay un grabado que representa una pelea de un jaguar y un tigre. Maidana dice que él asistió a una pelea semejante. Heredia, cínicamente, le pide que relate el hecho. Luis Maidana se lo relata con énfasis y luego queda visiblemente incómodo ante la actitud de Heredia que parece no creer en la veracidad del episodio. Luego Maidana turbado se retracta: dice que la impresión que él tiene de haber vivido en vidas anteriores proviene de sus sueños. Se da cuenta que ha soñado hasta entonces con todo lo que está viendo, y que a veces ha tenido la impresión de estar loco. Heredia dice que él nunca sueña con nada, que debe de ser agradable soñar todas las noches. Heredia consulta el reloj y anuncia que tiene que irse, que tiene una cita. Heredia sale del cuarto y olvida un papel, que cae al suelo. Luis Maidana lo recoge y lo lee. Sobre el papel muy antiguo se puede ver un mensaje: «Mi padre vendió el campo. Te espero a las dos de la tarde en X». Durante un instante examina el papel. Luego saca un libro de un estante y verifica que la firma de la dedicatoria es la misma. La casera trae el postre. Luis Maidana aprovecha la oportunidad para preguntar dónde queda la tapera que Heredia había mencionado, y también por la familia de la muchacha. La casera le dice que la muchacha ha muerto hace cinco años. Luis Maidana vuelve a preguntar dónde queda la tapera. Aparece el camino de eucaliptos con un chico que está lanzando una honda. Luis Maidana, que viene a caballo, le pregunta dónde queda la tapera. El chico le da una explicación vaga, y Maidana sigue galopando.

En el almacén Armando Heredia está tomando un trago. Mira la hora. Paga y se dispone a salir. Vemos la tapera y unos árboles. Luis Maidana está mirando el lugar donde piensa esconderse. Se sube a un techo desde donde puede ver la llegada de Heredia. Heredia llega, baja del caballo y queda inmóvil junto a una de las paredes. Se aproxima al lugar donde está Luis Maidana y parece que lo mirara. En esta escena Maidana descubre que Heredia no se entrevista con nadie.

María viene caminando con bolsas llenas de galletas y con botellas. Maidana se le acerca corriendo; le dice que tiene que hablar con ella. Están frente a la ferretería. Maidana le ayuda a llevar unos paquetes. Entran en la ferretería. María pide unos clavos y mantiene un diálogo amoroso con Luis Maidana; luego le pregunta qué es lo que tiene que decirle. Se le cae un paquete de arroz. Luis Maidana le dice que recoger el arroz es menos difícil que decirle lo que él pensaba decir. María pregunta por Heredia. Le dice que le ha mandado un mensaje muy extraño, en el que habla de los ojos de Maidana. El ferretero trae los clavos adentro de una caja y le pide a María que los elija. María elige unos tornillos y luego pide una madeja de lana cuya muestra saca del bolsillo. María le dice a Maidana que le guarde el secreto. Le revela que está tejiendo un pulóver para Heredia.

Agrega que el invierno va a ser muy frío. Saca de una bolsa, cuando nadie los mira, una parte del tejido. Confiesa que no es buena tejedora. Luis Maidana, parcamente, la felicita por el tejido. Salen de la ferretería. María dice que tiene que llevar unos paquetes a la casa de la tía que llega esa noche de Buenos Aires. Maidana la acompaña. En la casa María anda por la cocina arreglando las cosas, mientras Luis Maidana se queda solo mirando el techo. María le pide que se vaya para que no los vean salir juntos. Entra en el cuarto. Maidana no se mueve de su postura. Al ver que no quiere irse, María lo toma de la mano tratando de hacerlo levantar. Él la atrae y la abraza. María al principio se resiste y luego acepta: queda extática.

Maidana le pregunta si él tiene que irse. María asiente con un movimiento de cabeza. Maidana pregunta si no quiere verlo más. María asiente de nuevo con la cabeza.

Entre el rumor de una tropilla de vacunos que pasa por el camino vemos a María que viene caminando abstraída, mientras la cámara la sigue. El camino está lleno de charcos de agua. El mugido de los vacunos se acrecienta. María llega a su casa, entra en la habitación, mira el pulóver, luego se mira en un espejo y, después de unos instantes, como conmovida por su propia imagen, comienza a llorar. El mugido de los vacunos se oye más fuerte y luego aparece la tropilla, primero en detalle y después en conjunto. Oímos ahora el sonido apaciguado de la noche: el canto de los grillos y el croar de las ranas. Vemos el interior de la casa de la estancia. Se abre una puerta y aparece Luis Maidana mirando hacia todos lados. Maidana entra en su cuarto y guarda unas hojas escritas, en un cajón. A través del comedor sin luz entra en la cocina donde encuentra a Heredia que está echando kerosene a una lámpara. Le dice que oyó ruidos y que no sabía que él estaba en la casa; que el comedor estaba a oscuras. Luego pregunta a Heredia si tuvo suerte esa tarde. Heredia le responde que no sabe lo que es tener suerte. Maidana le dice que, en ese caso, tener suerte es encontrarse con la persona que uno quiere ver. Heredia responde que Maidana debe saber la verdad, ya que no sólo tiene sueños adivinatorios sino que practica el espionaje para los mismos fines. Maidana protesta y pide una explicación. Heredia dice que de otro modo no se justifica que lo haya esperado hasta esa hora para preguntarle por una mujer de la cual seguramente no ha oído ni siquiera hablar. Maidana le dice que sí, que ha oído hablar de ella. Heredia lo conmina a decirle qué le han dicho. Maidana le contesta que le han dicho que ha muerto hace cinco años. Heredia le pregunta si se guía por los sueños o por lo que le dice la gente, que su poder adivinatorio no es muy lúcido si hace tanto caso de las cosas que oye por ahí.

Salen al corredor. Maidana tropieza con un sapo y retrocede. Heredia le pregunta si es miedoso; Maidana contesta que tiene miedo de todas las cosas viscosas.

Vemos a un empleado del correo entregando una estampilla. Luis Maidana paga y se da vuelta y, mientras pasa la lengua por los bordes del sobre, ve en el marco de la puerta a Heredia que se acerca. Maidana con una elocuencia parca dice a Heredia que lo estuvo buscando y advierte que la mirada de Heredia está clavada en el sobre y con fingida naturalidad trata de disimularlo ocultándolo con su cuerpo. Luego, cuando el diálogo le hace pensar que Heredia no ha visto la dirección de la carta, la guarda en el bolsillo.

Salen del correo y en ese momento pasa corriendo una viejita y dos chicos detrás de ella. Maidana pregunta a Heredia qué piensa hacer. Éste le contesta que irán juntos a la estancia. A lo lejos vemos a María, que está apoyada contra la tranquera. Oye un galope y levanta la cabeza. Vemos venir dos caballos al galope. Cámara sobre primer plano de María que, desorientada, los mira alejarse.

Una puerta se cierra y vemos a Heredia en el comedor sacando un revólver que coloca sobre la mesa y diciendo a Maidana que le lea la carta. Luis Maidana lee lentamente la carta. Heredia lo interrumpe para hacerle repetir un párrafo. Cuando termina la lectura de la carta, Heredia se levanta y dice que no quiere matar a Maidana en su casa. Guarda el revólver y sale del cuarto.

Vemos a Luis Maidana entrando en el comedor donde deja la maleta, entra en la cocina donde no encuentra a nadie y luego a la despensa donde tampoco ve a nadie. Sale al comedor y llama a Eladio dos veces. Se acerca al palenque y no ve ningún caballo. Vuelve a la casa, toma la maleta y luego la deja sobre una mesa, ve una jarra de agua, se sirve un vaso. Sale de la casa. Es mediodía. Vemos a Maidana caminando; se detiene, deja la maleta en el suelo, se enjuga la frente. Pasa un viejo en una volanta. Maidana le pregunta si lo puede llevar al pueblo. El viejo le pregunta si está enfermo y lo hace subir al coche. Pasan frente a un montón de esqueletos de animales. El viejo dice que parecen cristianos.Vemos a Maidana en la boletería de la estación. El empleado dice a Maidana que no hay tren hasta la noche y cierra la ventanilla. Maidana se da vuelta y vemos sus pies caminando por la calle. Maidana cruza el pueblo. Todas las persianas están cerradas y las casas silenciosas. Se oye el galope de un caballo. Maidana retrocede con visible inquietud. Junto a unas chapas de zinc un gato sale corriendo y hace caer del techo un cascote sobre una chapa, estrepitosamente. Maidana llega a una región arbolada y se oculta entre unas ramas, se enjuga la frente y se apoya contra un tronco, mira a todos lados. A algunos metros están las vías del ferrocarril. Maidana de repente clava la vista en un punto fijo como si viera algo que lo aterra. Vemos a Heredia apoyado contra un poste, mirándolo. Maidana se queda detenido. Heredia avanza. La cámara sigue las manos de Heredia, la cara de Heredia. Las manos de éste se estiran para entregar a Maidana un revólver. Simultáneamente le dice: «Mátame, si piensas que estoy loco». Maidana queda inmóvil y luego toma el revólver. Heredia insiste para que Maidana lo mate de un balazo; luego agrega: «Cualquier cosa que hagamos será horrible». Maidana tira el revólver lejos de él. Heredia recoge el revólver y apunta a Maidana, y después de un instante hace fuego. Maidana se desploma en las vías del tren: lo vemos estirado sobre las piedras blancas con los ojos abiertos; luego, paulatinamente, a medida que muere, se transforma en Heredia (las dos imágenes se superponen, se funden en una sola). Acto seguido vemos la locomotora jadeante de un tren que se aproxima, oímos las pitadas insistentes. Baja el maquinista.Vemos la estación donde un hombre anuncia que ha habido un accidente en las vías. La gente acude.

Dos hombres transportan el cadáver y lo depositan a unos metros de las vías. Un chico dice que fue un crimen. María, la muchacha, viene caminando, lentamente, como hipnotizada. Su amiga viene con ella. Una mujer dice que fue un suicidio. (Todos los personajes que aquí se agrupan han figurado anteriormente en el film.) María llega al sitio en el momento en que el maquinista sube al tren y lo hace arrancar; ella se queda inmóvil, transfigurada de horror oyendo el ruido de la locomotora. El comisario opina que habrá que llevar el cadáver a la morgue. María de repente protesta. No quiere que toquen el cuerpo; declara saber quién ha matado a Heredia. Pronuncia el nombre de Maidana. Mil voces la interrogan. Las contestaciones de María dejan suponer que Luis Maidana fue un muchacho imaginado por Heredia. Dos personas se ríen disimuladamente. El comisario declara que nadie creerá en esas historias y que las investigaciones se llevarán a cabo. La amiga de María saca de su corpiño una hoja de papel doblada en cuatro. Leemos en la carta explicaciones del misterio. Heredia revela a María, en esta carta, la aparición del muchacho que es obra de su imaginación, cosa que María nunca llegó a comprender ni a creer. María se arrodilla junto al cuerpo de Heredia. La gente, secreteándose, pregunta: «¿Estaba de novia?» «¿Iban a casarse?» «Los padres no querían» «¿Estaba loco?» «¿Está loca?». Una mujer acude llorando y dice que había cuidado a Heredia cuando era niño.

Final para un film que nunca se filmó

Un velorio en el campo, en una casa en ruinas. Poco a poco un resplandor rosado invade el cielo de la noche. Algunas personas salen, maravilladas, a mirar ese rosado que no parece avenirse al duelo. Miles de pájaros cantan, al principio en un susurro, luego ensordecedoramente.

—Un cielo tan lindo me asusta —dice una señora—. Augura cataclismos, sobrevienen las inundaciones o las sequías. Qué sé yo.

—No seas pájaro de mal agüero —contesta otra señora, arrancando una hoja de una enredadera, que muerde insistentemente.

Atraído por la belleza del amanecer, el extravagante grupo se aleja un poco del lugar del velorio. Los hombres fuman, dos mujeres se miran en sus espejitos o toman café. Mugidos y un cencerro se destacan entre los otros sonidos de la aurora campestre. El canto de un gallo o de una torcaza no debe faltar.

Eladio, el peoncito, llega corriendo, empapado de agua o de sudor. Anuncia con una voz que retumba:

—Arde el monte. Las casuarinas están en llamas.

Toda la gente sale del cuarto donde velaban a Armando Heredia.

Eladio explica:

—La casita del guardabosque está en peligro. Allí quedó, dormida, la hijita menor de la familia. Ahora nadie se atreve a salvarla de las llamas.

Un momento que parece interminable distrae a la concurrencia que velaba atentamente al muerto. En el interior de la casa, un señor rápidamente hurga en un armario, saca un prismático, caen una careta y disfraces viejos, vuelve a meterlos en el armario y sale a mirar el bosque en llamas.

Dentro del redondel del cristal vemos el bosque incendiado.

—Es cierto —musita el señor—. Las llamas suben al cielo.

Cuando la gente vuelve al cuarto del velorio, la incipiente luz de los cirios nos muestra el cajón vacío y caras atónitas. A todos aterra esa inexplicable desaparición, pero más los aterra el incendio que parece acercarse. Indecisos, entran y salen. Entonces ocurre un hecho más terrible aún: por el camino, a lo lejos, en cámara lenta, alguien con un fardo en brazos; a medida que se acerca se distinguen las facciones de la cara, tiznada, quemada. El que se acerca es Armando, el muerto, llevando en brazos, sana y salva, a la chica del guardabosques.

—¿Cómo sucedió?

—Un poder sobrenatural.

—¿Sólo Dios conoce el misterio de la vida?

—Quizá la bruja podría explicarnos...

—¿Dónde está la bruja?

—¿Resucitó?

—La última broma que nos hizo —exclama una voz escandalizada.

—¡Tan de Armando! —dice una mujer, abanicándose.

La concurrencia, con aire festivo, lo rodea. Alguna de las señoras toma en brazos a la niña y la cubre de besos.

Todos felicitan, abrazan al héroe. La madre, llorando, le ofrece una taza de café que él bebe con dificultad, como si quemara. El padre torpemente le alcanza el azúcar.

—¿No han probado el café con lágrimas? —pregunta Armando.

—Con júbilo —acota una señora.

La niña ríe, y cabalga sobre un caballo imaginario. Salen a tomar aire. Desde afuera, por una ventana, Armando mira la habitación, el cajón vacío, los cirios y musita:

—A mí nunca me gustaron los velorios.

Da unos pasos y con la mirada busca el incendio, que ya no resplandece en el cielo, gracias a Dios y a los dos o tres paisanos que lo apagaron a su manera: con unas arpilleras y unas latas con agua.

NOTA AL TEXTO

En diciembre de 1948, Editorial Sur publicó en Buenos Aires la primera edición de *Autobiografía de Irene*. El libro conoció una segunda edición en julio de 1975 bajo el pie de imprenta de Editorial Sudamericana. No presenta variantes, a excepción de unos pocos cambios léxicos y leves modificaciones en la puntuación. Para fijar el texto hemos seguido el de Editorial Sudamericana, aprobado por la autora.

Antes de ser recogidos en volumen, los cinco relatos que lo componen fueron publicados, a partir de 1943, en el suplemento literario del diario *La Nación* y en las revistas *Sur* y *Los Anales de Buenos Aires*. El texto final de los cuentos no registra variantes significativas con respecto a estas primeras publicaciones. Entre los papeles de Silvina Ocampo no se conservan manuscritos de *Autobiografía de Irene*, fuera de algunos borradores parciales y de copias dactilografiadas destinadas a antologías. El único material pertinente en el archivo de la autora son los argumentos cinematográficos compuestos para «El impostor», reproducidos en apéndice.

Las notas que siguen se limitan a ofrecer las referencias bibliográficas de la primera publicación de cada relato y las fuentes de citas incorporadas al texto. A ello se suman algunos datos adicionales, que provienen de testimonios o de entrevistas a la autora.

Epitafio romano

Publicado por primera vez en *La Nación*, en septiembre de 1943.

La red

Publicado por primera vez en *La Nación,* el 13 de octubre de 1946.

págs. 19-20, «*Song-Kiao, que vivió bajo la dinastía de los Song* [...] *Kêng-Su, ¿qué obtendrás por tu oscuro crimen?*». Esta última oración fue interpolada por la autora a la cita del *T'ai Shang Kan Ying Pien* (*Libro de las recompensas y de las penas*). En la traducción literal del título y de los restantes fragmentos del tratado taoísta de la dinastía Qin se transparenta la versión francesa realizada por el sinólogo Stanislas Julien (1797-1893) bajo el título *Le Livre des récompenses et des peines* (1835).

«La red» fue el primer relato de Silvina Ocampo en encontrar una versión cinematográfica, en *Tres historias fantásticas* (1964), debida a Marcos Madanes. Virginia Lago y Beatriz Barbieri interpretaron los papeles principales. Los otros dos cuentos adaptados en el film son «El experimento de Varinsky», de Santiago Dabove, y «El venado de las siete rosas», de Miguel Ángel Asturias.

El impostor

Se publicó por primera vez en tres números consecutivos de *Sur*: 164/165 (junio-julio de 1948), 166 (agosto de 1948) y 167 (septiembre de 1948).

pág. 42, *Pienso en los sueños de Jacob* [...] *pienso en el de Coleridge, que le inspiró un poema.* «Kubla Khan» (1816).

pág. 50, *I have been here before, / But when or how I cannot tell.* Dante Gabriel Rossetti, «Sudden light», *Ballads and Sonnets* (1881).

pág. 51, «*El alma no puede morir* [...] *Todo cambia; nada perece*». Ovidio, *Metamorfosis*, XV, 155-165.

pág. 51, *A los doce años yo sabía de memoria, y en griego, el apólogo de Her.* Platón, *República*, X, 614 y 620.

pág. 94, «*En la vigilia, vivimos en un mundo común...*». Heráclito, fragmento 89 Diels.

pág. 94, *Si yo hubiera llegado a «Los Cisnes» el 26 o el 27 de febrero.* Hasta entonces, el texto afirma que Sagasta llegará el 28 de enero. Esta discrepancia en las fechas se mantiene en ambas ediciones. Según Graciela Tomassini, «[e]sta equivocación en una fecha tantas veces repetida en el texto no puede ser casual: tal vez Sagasta, único enviado del padre de Heredia, haya sido quien, creando el fantasma de Maidana, terminara asesinando a Heredia. Lectura coherente dentro del paradigma "relato policial" que el texto autoriza» [*El espejo de Cornelia. Obra cuentística de Silvina Ocampo*, Buenos Aires: Editorial Plus Ultra, 1995, pág. 44].

En conversación con Noemí Ulla, la autora refiere que había concebido originariamente este relato largo como una novela: «Cuando me metí en ese cuento ["La continuación", en *La furia* (1959)], me pasó como cuando escribí "El impostor"; tuve la sensación de meterme en un túnel y cuando volvía a la realidad y dejaba de escribir me asombraba tanto el mundo... Yo pensé que iba a ser una novela, lo quería prolongar indefinidamente, tanto como mi vida o tanto como uno quisiera escribir. Toda la vida» [«Silvina Ocampo: escribir toda la vida», entrevista de Noemí Ulla, *Vigencia*, 49, junio de 1981]. Asimismo, en respuesta a un cuestionario presumiblemente inédito (*c.* 1980-1985) dejado entre sus papeles, Silvina

Ocampo afirma que «“El impostor” iba a ser una novela. Rompí más de la mitad de lo que escribí. Me parecía que no se podía llenar tantas hojas de silencio, porque era una novela de silencio y de soledad. Ahora me arrepiento. Uno se vuelve avaro del trabajo».

«El impostor» pertenece a una genealogía de historias de desdoblamiento que tienen su origen en *The Private Memoirs and Confessions of a Justified Sinner* (1824), del escocés James Hogg (1770-1835) —redescubierto en Francia por André Gide—, y cuya fórmula fue reiterada y enriquecida en las letras inglesas y norteamericanas a lo largo del siglo XIX. Sin embargo, puede afirmarse que el antecedente más inmediato es *Le Voyageur sur la terre* (1927), novela corta del escritor católico norteamericano de lengua francesa Julien Green (1900-1998), traducida al español por Silvina Ocampo y publicada en 1945 por Emecé Editores en la colección Cuadernos de la Quimera.

La *nouvelle* de Green, ambientada en el sur profundo de Estados Unidos, narra los últimos días de vida de Daniel O'Donovan, un muchacho huérfano y solitario, criado con severidad por sus tíos. Luego de recibir una modesta herencia al cumplir la mayoría de edad, abandona la aborrecida casa donde vive para trasladarse a Fairfax con el fin de ingresar en la universidad. Allí recibe las visitas imprevistas de un desconocido, Paul, que poco a poco va apoderándose de su voluntad. El suicidio de Daniel en circunstancias misteriosas permite el hallazgo de un manuscrito donde el muchacho cuenta sus tribulaciones, sueños y encuentros con Paul y que constituye el cuerpo principal del relato. A la extensa narración de Daniel siguen cartas de su tío, del director del periódico de Fairfax y de la dueña de la pensión donde se alojaba el protagonista. Como en un juego de espejos enfrentados, esos testimonios permiten concluir lo que el lector ya sospecha: que Daniel y Paul son la misma persona y que el primero se dio muerte para librarse del segundo, un *alter ego* sólo visible para él. La razonada ambigüedad de la trama, que no excluye una dimensión alegórica, fue ponderada por Jorge Luis Borges en su prólogo a *La invención de Morel* (1940): «Ninguna otra época posee novelas de tan admirable argumento como *The Invisible Man*, como *The Turn of the Screw*, como *Der Prozess*, como *Le Voyageur sur la terre*».

En 1949, Silvina Ocampo visitó a Julien Green en París: «Imposible comunicarse, era muy raro. Fuimos a verlo con Adolfito (Bioy Casares), a mí me gustaba lo que escribía, pero no había conversación, no había comunicación posible» [Noemí Ulla, *Encuentros con Silvina Ocampo*, Buenos Aires: Editorial de Belgrano, 1982, pág. 149].

Fragmentos del Libro Invisible

Publicado por primera vez en *Los Anales de Buenos Aires*, I, 9 (septiembre de 1946).

Autobiografía de Irene

Publicado por primera vez en *Sur*, 117 (julio de 1944).

Este relato cuenta también con una versión en endecasílabos, incluida en *Espacios Métricos* (Buenos Aires: Ediciones Sur, 1945). «No sé por qué tuve que escribirlo en verso también —dice la autora en *Encuentros con Silvina Ocampo*, pág. 89—. Es que todo quisiera escribirlo de distintas formas, todo. Hay una ubicuidad en mí que me hace sufrir mucho, y caigo en eso con mucha frecuencia. Las formas en que quiero expresar algo, ya sea prosa, verso, teatro, son distintas. O bien cómo se van a desarrollar: si es un argumento o cómo son los personajes. [...] Me ha sucedido muchas veces, por eso las *Autobiografías de Irene*, en prosa y en verso. El cuento en prosa fue anterior al cuento en verso. ¿Por qué necesité escribirlo? Es un enigma. De pronto me encontré escribiéndolo en verso.»

Apéndice

«El impostor» es el cuento de Silvina Ocampo que mayor atracción ejerció sobre guionistas y directores cinematográficos. Leopoldo Torre Nilsson fue el primero en intentar un film basado en el relato, dos años después de su publicación:

> **Viernes, 29 de septiembre [de 1950].** Para saber si Arturito Álvarez podría tener un papel (de actor) en una hipotética película con argumento de Silvina (*El impostor*), y de la que él sería productor y Torre Nilsson director, anoche, con *cameramen*, focos y demás parafernalia, se tomó en casa una pequeña película: varias personas, sentadas a la mesa, comen con gula; de pronto Arturito nota algo que lo alarma; mira con creciente horror a los comensales; finalmente da un grito y se tapa la cara. Actores, además de Arturito: Wilcock, Estela [Canto], Elena Ivulich. Espectadores: Silvina, Marta Mosquera, yo. [Adolfo Bioy Casares, *Borges*, edición al cuidado de Daniel Martino. Barcelona: Ediciones Destino, 2006, pág. 54].

El proyecto, que iba a contar con Silvina Ocampo como guionista, nunca llegó a concretarse. En 1978, Manuel Puig, que por entonces vivía en México, logró interesar a Manuel Barbachano Ponce, productor de Luis Buñuel, y al director Arturo Ripstein en hacer una versión cinematográfica de «El impostor». La película se filmó y fue estrenada en 1984 bajo el título *El otro*. Debido a las modificaciones introducidas por Ripstein en la adaptación, Puig decidió retirar su nombre de los créditos. En 1985, Puig publicó su guión con el título original, *La cara del villano*, junto con un argumento cinematográfico propio, *Recuerdos de Tijuana* (Barcelona: Seix Barral Editores, 1985).

A mediados de la década de 1980, Carlos Hugo Christensen, radicado en Brasil, propuso a la escritora una nueva versión cinematográfica de la *nouvelle*, que nunca llegó a realizarse. Mientras Christensen buscaba financiamiento para filmar «El impostor», hizo otra película basada en un cuento de Silvina Ocampo, «La casa de azúcar», pero complicaciones financieras y legales impidieron el estreno, aun después de la muerte del director en 1999.

Hacia 1994, también María Luisa Bemberg quiso llevar al cine «El impostor». Luego de un primer guión redactado en colaboración con Ricardo Piglia, Bemberg compuso una segunda versión con la ayuda de su asistente de dirección, Alejandro Maci, bajo el título *Un extraño verano*. Tras la muerte de Bemberg en 1995, Maci asumió la dirección de la película, que fue estrenada en 1997 con el título *El impostor*.

El resumen de argumento que reproducimos en apéndice fue escrito por Silvina Ocampo hacia 1950 para la transposición cinematográfica que planeaba Torre Nilsson. En el archivo de la escritora se encontraron al menos tres copias dactilografiadas, dos de ellas encarpetadas y con numerosas correcciones autógrafas. De las dos, seguimos la que presenta el texto más extenso y trabajado.

Bajo el título «Un argumento inédito de Silvina Ocampo: así empieza *El Impostor*», fue publicado parcialmente por la revista *Lyra*, 149-151 (1956). El fragmento estaba acompañado de la siguiente nota:

> Hay que complicar el argumento de una novela para hacerlo cinematográfico. Así, en éste, Maidana y Heredia se enamoran después de una misma mujer, disputan y uno mata al otro: Heredia da muerte a Maidana. Pero el argumento no es sino la historia de un desdoblamiento: la proyección de un personaje en otro personaje. Heredia imagina en la soledad de su campo, y Maidana es el imaginado que llega. Maidana es el normal, el despreocupado, el alegre. Heredia, su contrario. Cuando Maidana muere, su cara se disuelve paulatinamente sobre la cara de Heredia que surge, invirtiendo el proceso del comienzo del *film*. Ya se han hecho otras veces en cine historias de desdoblamientos, pero con un mismo actor que hace los dos papeles, y el resultado es horrible. El tema, aquí, es fantástico, pero está tratado en forma realista. Puede concebirse con varios finales: Maidana podría no ser imaginado. Pero el argumento se reduce entonces a la mera anécdota. Lo prefiero imaginado, dice Silvina Ocampo.

En cuanto a «Final para un film que nunca se filmó», de título aliterado, fue escrito por Silvina Ocampo a mediados de la década de 1980. Es posible que la película que preparaba Christensen le sirviera de estímulo. Entre los papeles de la autora hay varias versiones dactilografiadas del texto. Seguimos la más pulida, que incluye correcciones manuscritas de Adolfo Bioy Casares. Integraba el texto original de *Y así sucesivamente* (1987), del que fue retirado antes de la publicación del volumen.

Por último, agregamos un breve repertorio de reseñas bibliográficas de la primera y segunda edición:

Anónimo; «Letras Estrangeiras: "Autobiografía de Irene"», *O Estado de São Paulo*, 1.º de marzo de 1950.

Bullrich, Silvina; «Autobiografía de Irene», *Atlántida*, marzo de 1949.

Gándara, Carmen; «Autobiografía de Irene», *Realidad*, XIV, marzo-abril de 1949 (luego incluida en *El mundo del narrador*, Buenos Aires: Editorial Sudamericana, 1968).

González Lanuza, Eduardo; «Autobiografía de Irene», *Sur*, 175, mayo de 1949.

Selva Andrade, C.; «Excelentes cuentos integran "Autobiografía de Irene"», *Crítica*, 27 de enero de 1949.

Staif, Kive; «La clarividencia es sinónimo de talento», *La Opinión*, 23 de noviembre de 1975.

E. M.

Algunos títulos imprescindibles de Lumen de los últimos años

Las desheredadas | Ángeles Caso
Summa de Maqroll el Gaviero. Poesía reunida (1947-2003) | Álvaro Mutis
Donde vuela el camaleón | Ida Vitale
Mafalda para niñas y niños | Quino
El amor en Francia | J. M. G. Le Clézio
Memorias | Arthur Koestler
Vladimir | Leticia Martin
¿Y si fuera feria cada día? | Ana Iris Simón y Coco Dávez
La vida de Maria Callas. Tan fiera, tan frágil | Alfonso Signorini
Elizabeth y su jardín alemán | Elizabeth von Arnim
Un crimen con clase | Julia Seales
Las dos amigas (un recitativo) | Toni Morrison
El libro de arena | Jorge Luis Borges
Sevillana | Charo Lagares
El nombre de la rosa. La novela gráfica | Umberto Eco y Milo Manara
Confesiones de un joven novelista | Umberto Eco
Apocalípticos e integrados | Umberto Eco
Cuentos completos | Jorge Luis Borges
El libro de los niños | A. S. Byatt
Hopper | Mark Strand
Cómo domesticar a un humano | Babas y Laura Agustí
Annie John | Jamaica Kincaid
La hija | Pauline Delabroy-Allard

El juego favorito | Leonard Cohen
La isla del doctor Schubert | Karina Sainz Borgo
¿De quién es esta historia? | Rebecca Solnit
Quino inédito | Quino
Simplemente Quino | Quino
Bien, gracias. ¿Y usted? | Quino
¡Cuánta bondad! | Quino
Quinoterapia 1 | Quino
La Malnacida | Beatrice Salvioni
Un ballet de leprosos | Leonard Cohen
Libro del anhelo | Leonard Cohen
Dibujo, luego pienso | Javirroyo
Una mañana perdida | Gabriela Adameşteanu
Poesía reunida | Wallace Stevens
Basura y otros poemas | A. R. Ammons
Paisaje con grano de arena | Wisława Szymborska
Poesía completa | Marianne Moore
Usuras y figuraciones. Poesía completa | Carlos Barral
Una ola | John Ashbery
Cuentos romanos | Jhumpa Lahiri
El libro de los días | Patti Smith
El chal andaluz | Elsa Morante
Mentira y sortilegio | Elsa Morante
Vida imaginaria | Natalia Ginzburg
Las tareas de casa y otros ensayos | Natalia Ginzburg
La ciudad y la casa | Natalia Ginzburg
Historia de una mujer soltera | Chiyo Uno
Escritoras. Una historia de amistad y creación |
Carmen G. de la Cueva y Ana Jarén
Residencia en la tierra | Pablo Neruda
Todos nuestros ayeres | Natalia Ginzburg

El hombre que mató a Antía Morgade | Arantza Portabales
Vida mortal e inmortal de la niña de Milán | Domenico Starnone
Escrito en la piel del jaguar | Sara Jaramillo Klinkert
Elegías de Duino. Nueva edición con poemas y cartas inéditos | Rainer Maria Rilke
Limpia | Alia Trabucco Zerán
La amiga estupenda. La novela gráfica | Chiara Lagani y Mara Cerri
La hija de Marx | Clara Obligado
La librería en la colina | Alba Donati
Diario | Katherine Mansfield
Cómo cambiar tu vida con Sorolla | César Suárez
Cartas | Emily Dickinson
Alias. Obra completa en colaboración | Jorge Luis Borges y Adolfo Bioy Casares
El libro del clima | Greta Thunberg y otros autores
Maldita Alejandra. Una metamorfosis con Alejandra Pizarnik | Ana Müshell
Leonís. Vida de una mujer | Andrés Ibáñez
Una trilogía rural (Bodas de sangre, Yerma y La casa de Bernarda Alba) | Ilu Ros
Mi Ucrania | Victoria Belim
Historia de una trenza | Anne Tyler
Wyoming | Annie Proulx
Ahora y entonces | Jamaica Kincaid
La postal | Anne Berest
La ciudad | Lara Moreno
Matrix | Lauren Groff
Anteparaíso. Versión final | Raúl Zurita
Una sola vida | Manuel Vilas
Antología poética | William Butler Yeats

Poesía reunida | Philip Larkin
Los alegres funerales de Alik | Líudmila Ulítskaya
Grace Kelly. Una biografía | Donald Spoto
Jack Nicholson. La biografía | Marc Eliot
Autobiografía | Charles Chaplin
Mi nombre es nosotros | Amanda Gorman
Autobiografía de mi madre | Jamaica Kincaid
Mi hermano | Jamaica Kincaid
Las personas del verbo | Jaime Gil de Biedma
Butcher's Crossing | John Williams
Cita en Samarra | John O'Hara
El cocinero | Martin Suter
La familia Wittgenstein | Alexander Waugh
Humano se nace | Quino
Qué mala es la gente | Quino
La aventura de comer | Quino
Déjenme inventar | Quino
Sí, cariño | Quino
En los márgenes | Elena Ferrante
Las rosas de Orwell | Rebecca Solnit
La voz de entonces | Berta Vias Mahou
La isla del árbol perdido | Elif Shafak
Desastres íntimos | Cristina Peri Rossi
Obra selecta | Edmund Wilson
Malas mujeres | María Hesse
Mafalda presidenta | Quino
La compañera | Agustina Guerrero
Historia de un gato | Laura Agustí
Barrio de Maravillas | Rosa Chacel
Danza de las sombras | Alice Munro
Araceli | Elsa Morante

Este libro
terminó de imprimirse
en Madrid
en septiembre de 2023

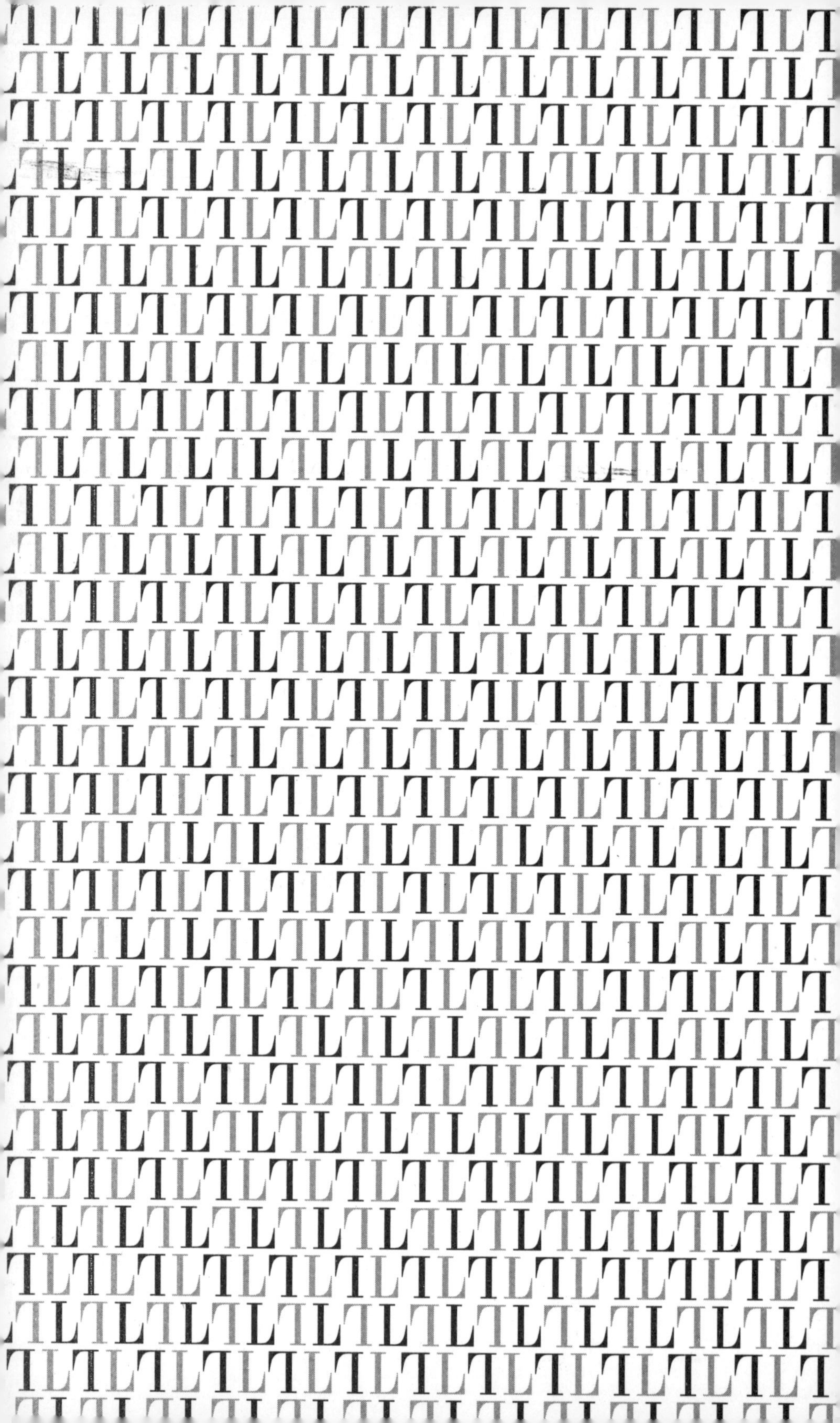